श्रेष्ठ बाल कहानियाँ

भाग-2

श्रेष्ठ बाल कहानियाँ

भाग-2

रूपसिंह चन्देल

नीलकंठ प्रकाशन
नई दिल्ली-110002

ISBN : 978-93-95145-44-2

प्रथम संस्करण : 2022

द्वितीय संस्करण : 2025

प्रकाशक : **नीलकंठ प्रकाशन**
4760-61, द्वितीय तल, 23, अंसारी रोड
दरियागंज, नई दिल्ली-110002

शब्द-संयोजक : गुप्ता कम्यूनिकेशन, शाहदरा, दिल्ली-110032

SHERSTHA BAAL KAHANIYAN, Part-2
by Roop Singh Chandel

समर्पण

श्रेष्ठ बाल कहानियां-भाग दो
प्रिय पौत्र ताश्विक को

अनुक्रम

अपना घर

एक जंगल में एक लोमड़ी रहती थी। दिनभर वह भोजन के लिए जंगल में इधर-उधर घूमती रहती और रात में किसी झाड़ी के नीचे पड़कर सो जाती। एक दिन वह भोजन की तलाश में जंगल में घूम रही थी। उस समय धूप बहुत तेज थी। धूप से परेशान होकर वह एक पेड़ की छाया में बैठकर आराम करने लगी। थोड़ी देर बाद एक सियार वहाँ आया और पेड़ के तने से पीठ टेककर आराम करने लगा।

कुछ देर तक दोनों एक-दूसरे से कुछ नहीं बोले। लेकिन बातूनी लोमड़ी अपने को अधिक देर तक रोक नहीं पायी और बातों का सिलसिला शुरू करते हुए उसने सियार से पूछा—"तुम्हारा घर कहाँ है, भाई?"

"नदी के किनारे एक टीले पर, बहन। तुम्हारा घर कहाँ है?" सियार ने पूछ लिया।

लोमड़ी कुछ देर तक सियार की ओर देखती रही, फिर बोली—"भाई, मैंने घर बनाया ही नहीं और मुझे उसकी जरूरत भी नहीं है। दिनभर इधर-उधर घूमकर काट लेती हूँ और रात में किसी झाड़ी के नीचे पड़कर सो जाती हूँ।"

लोमड़ी का उत्तर सुनकर सियार को आश्चर्य हुआ कि बिना घर के भी कोई अपना गुजारा कर सकता है। लेकिन वह बोला कुछ नहीं। दोनों काफी देर तक बातें करते रहे। जब धूप कुछ हल्की हुई, तब लोमड़ी जंगल के अन्दर चली गयी और सियार अपने घर की ओर चला गया।

उस दिन के बाद जंगल में घूमते हुए प्रायः सियार से लोमड़ी की मुलाकात हो जाया करती। दोनों एक-दूसरे से कुछ क्षण बातें करके अपने-अपने काम से चले जाया करते।

थोड़े दिनों बाद जाड़े का मौसम शुरू हुआ। अब दिन तो लोमड़ी का

बिना किसी परेशानी के कट जाता, किन्तु रात में ठण्ड उसे सताने लगी थी। रातभर उसे नींद नहीं आती थी। वह प्रत्येक रात को सोचती कि सुबह होते

ही घर बनाना शुरू कर देगी, लेकिन सवेरा होने पर धूप की गर्मी पाकर वह घर बनाने का विचार अपने दिमाग से निकाल देती।

एक दिन खूब तेज हवाएँ चलीं, जिससे रात में कड़ाके की ठण्ड पड़ी। लोमड़ी ठण्ड से कांपने लगी और रोती हुई जंगल में इधर से उधर घूमने लगी। घूमती हुई वह सियार के घर के पास से गुजरी। सियार ने उसकी आवाज पहचान ली। तुरन्त घर से बाहर निकलकर उसने लोमड़ी से पूछा—"लोमड़ी बहन, क्यों रो रही हो?"

"भाई, बहुत जोरों से ठण्ड लग रही है।"

"मेरे घर में आ जाओ। आज की रात यहीं काट लो।"

लोमड़ी उसके साथ घर के अन्दर चली गयी। घर में सियार की पत्नी तथा उसके दो बच्चे भी थे। सियार ने लोमड़ी के सोने के लिए थोड़ी-सी जगह खाली कर दी और उससे बोला —"अब तुम भी अपना घर बना लो; नहीं तो ठण्ड में जीना मुश्किल हो जायेगा।"

"कल से ही बनाना शुरू कर दूँगी, भाई।" लोमड़ी बोली।

सियार का घर चारों ओर से बन्द होने के कारण गर्म था। इसलिए लोमड़ी को अच्छी नींद आयी। वह रातभर खूब जमकर सोयी। सुबह होने पर उसने सोचा-'घर बनाने की क्या जरूरत है। रोजाना सियार के घर आकर सो जाया करूँगी। सियार सीधा-सादा है। कभी मना नहीं करेगा।'

उस दिन वह सारा दिन जंगल में घूमती रही और रात होते ही सियार के घर सोने के लिए जा पहुँची। सियार ने उस दिन भी उसका स्वागत किया और पूछा—"आज घर बनाने का काम शुरू कर दिया न!"

"आज तो फुर्सत नहीं मिली, भाई। कल से शुरू करूँगी। कुछ दिन तो लग ही जायेंगे।" लोमड़ी ने उत्तर दिया।

सियार चुप रहा। उसकी चुप्पी से लोमड़ी का साहस बढ़ गया। अब वह प्रतिदिन रात में सियार के घर सोने के लिए आने लगी। लोमड़ी के आने से घर में जगह की कमी के कारण सियार को काफी परेशानी उठानी पड़ती थी। उसके बच्चे रातभर ठीक से सो नहीं पाते थे। इस तरह कई दिन और बीत गये, लेकिन संकोचवश सियार लोमड़ी से कुछ कह नहीं पाया।

एक दिन सुबह लोमड़ी के जंगल में जाने के बाद सियार को समाचार

मिला कि उसके ससुर की तबीयत बहुत अधिक खराब है। अपने पिता की बीमारी का समाचार सुनकर सियार की पत्नी रोने-चीखने लगी। सियार घबरा उठा। उसने पत्नी को समझाया और तुरन्त ससुराल जाने की तैयारी में जुट गया। उसी दिन दोपहर बाद पत्नी और बच्चों को साथ लेकर वह ससुराल के लिए रवाना हो गया।

शाम को जब लोमड़ी सियार के घर पहुँची तब दरवाजा बन्द पाकर वह परेशान हुई। लेकिन यह सोचकर कि शायद सियार थोड़ी देर में आ जायेगा, वह दरवाजे के पास बैठकर उसकी प्रतीक्षा करने लगी। प्रतीक्षा करते हुए जब बहुत देर हो गयी और सियार नहीं आया, तब उसे कुछ सन्देह हुआ। जैसे-जैसे समय बीतता गया, ठण्ड भी बढ़ती गयी। फिर भी उसने आधी रात तक सियार की प्रतीक्षा की। जब सियार नहीं आया तब वह निराश होकर पास ही एक झाड़ी के नीचे जाकर लेट गयी। लेकिन कड़ाके की ठण्ड के कारण उसे रात भर नींद नहीं आयी। वह रातभर जागती रही और सुबह होते ही घर बनाने का कार्य शुरू करने के संकल्प को दोहराती रही। उसने आज पहली बार यह अनुभव किया कि दूसरे की चीज़ दूसरे की ही होती है। उस पर अपना अधिकार समझना मूर्खता है।

अगले दिन सुबह होते ही उसने घर बनाने का काम शुरू कर दिया। कठोर परिश्रम करके एक सप्ताह के अन्दर उसने घर बनाकर तैयार कर लिया। और रात में जब वह अपने घर में सोने लगी तब उस समय वह सोच रही थी कि वास्तव में जो आराम अपने घर में मिलता है, वह दूसरे के घर में कभी नहीं मिल सकता। अपना घर तो अपना ही घर होता है।

अभियान

तपन प्रायः ही पैदल स्कूल जाता। उसके घर से स्कूल लगभग एक किलोमीटर की दूरी पर था। लेकिन जब से उसने पढ़ा कि पैदल चलना स्वास्थ्य के लिए लाभकारी होता है, तब से उसने निर्णय कर लिया कि वह पैदल ही स्कूल आया-जाया करेगा। वह ठीक समय से स्कूल जाने के लिए घर से निकलता और स्कूल से छूटकर सीधे घर आता। पढ़ने में वह इतना होशियार था कि स्कूल में उसे कक्षा का मानीटर बना दिया गया। स्कूल के मास्टरों को वह इसीलिए प्रिय था और उसके साथी भी उसे बहुत चाहते थे।

वह सदैव साफ-सुथरे कपड़े पहनकर ही स्कूल जाता था। हालांकि उसके पास दो ही जोड़ी कपड़े थे, लेकिन वह जब एक जोड़ी पहने होता तब दूसरी जोड़ी कपड़ों को साफ करके रख लिया करता था।

उस दिन भी तपन स्कूल जाने के लिए ठीक समय पर घर से निकला। उसने सदैव की तरह एकदम साफ क्रीज किए हुए कपड़े पहन रखे थे। वह जब मोहल्ले के एक मोड़ से गुजर रहा था, उसने कूड़े से भरी टोकरी थामे झुम्मन चाचा को देखा। झुम्मन चाचा का घर उसके घर से कुछ ही दूरी पर था। वह अभी चार कदम ही आगे बढ़ पाया था कि उसने देखा-झुम्मन चाचा ने टोकरी का कूड़ा सड़क के किनारे फेंक दिया है। कूड़े में अंगीठी की राख भी थी, जो फेंकते ही उड़कर तपन के चेहरे और कपड़ों पर आ गिरी। राख के कुछ कण उसकी आँखों में भी चले गये। वह खड़ा होकर आँखें मलने लगा। फिर रूमाल से आँखें पोंछकर उसने चेहरे पर की राख साफ की और अपने कपड़ों को भी झाड़ा। उसने इधर-उधर नजर घुमाकर देखा। झुम्मन चाचा उसे कुछ दूरी पर ही खड़े दिखाई पड़ गये। वह किसी से बातें कर रहे थे।

तपन लपककर उनके पास पहुँचा और अत्यन्त नम्रतापूर्वक

बोला—“चाचा जी, आप सड़क के किनारे कूड़ा क्यों फेंकते हैं, जब कि नगर निगम का कूड़ाघर बहुत पास में है?”

तपन की बात सुनकर झुम्मन चाचा को गुस्सा आ गया। नाक-भौं सिकोड़ते हुए वह बोले—“क्या मैं ही अकेला सड़क के किनारे कूड़ा फेंकता हूँ? मोहल्ले के अधिकांश लोग फेंकते हैं।” फिर साथ वाले आदमी की ओर घूमकर तपन का उपहास-सा उड़ाते हुए वह बोले—“देखा साहब आपने, कल के छोकरे चले हैं मुझे सीख देने! हा...हा...हा...!”

झुम्मन चाचा की बात का बिना बुरा माने ही तपन ने पुनः विनम्रतापूर्वक कहा—“चाचा जी, आपकी तरह ही और लोग भी सोचते होंगे। लेकिन इस प्रकार इधर-उधर कूड़ा फेंकने से मोहल्ले में गन्दगी फैलती है, जिससे अनेक प्रकार की बीमारियां फैल सकती हैं।”

“तपन, छोटे मुंह बड़ी बातें अच्छी नहीं लगतीं। उपदेश बाद में देना। पहले पढ़ने जाओ।” क्रोध में उफनते हुए झुम्मन चाचा ने कहा।

तपन ने समझ लिया कि उनसे अधिक कुछ कहना व्यर्थ है। स्कूल के लिए भी देर हो रही थी, अतः वह चुपचाप स्कूल चला गया। आज उसने पहली बार इस बात की ओर ध्यान दिया कि सड़क के इधर-उधर कूड़ा फेंकने वालों में केवल झुम्मन चाचा ही नहीं हैं, और भी लोग हैं; जो आलस्यवश नगर निगम के कूड़ाघर तक न जाकर अपने-अपने घरों से थोड़ी दूर पर सड़क के किनारे कूड़ा फेंक देते हैं। स्कूल में वह सारे समय इसी विषय पर सोचता रहा कि लोगों को कैसे समझाया जाय। लेकिन उसके दिमाग में कोई भी उपाय नहीं सूझा; जब भी वह झुम्मन चाचा की बातों को याद करता, निराश हो जाता।

वह कई दिनों तक इस विषय पर विचार करता रहा। एक दिन वह इसी विषय में सोचता हुआ स्कूल जा रहा था कि उसने झुम्मन चाचा के लड़के करीम को डॉक्टर के यहाँ से आता हुआ देखा। करीम अकेला ही दवा की शीशी थामे लड़खड़ाते कदमों से घर की ओर जा रहा था। तपन तेजी से चलकर उसके पास पहुँचा और उससे पूछा—“करीम, क्या तबीयत ठीक नहीं है?”

“हाँ, तपन। डॉक्टर के यहाँ से दवा लेकर आ रहा हूँ। मलेरिया हो

गया है।"

तपन ने उसका शरीर छूकर देखा। ज्वर की तीव्रता के कारण वह तप रहा था। स्कूल पहुँचने में देर हो जाने की चिन्ता त्यागकर तपन करीम को सहारा देकर उसके घर तक ले गया। दरवाजे पर उसने झुम्मन चाचा को खड़ा देखा। उनके निकट पहुँचकर वह बोला—"चाचा जी, करीम को बहुत तेज बुखार है। आप इसे अन्दर ले जाइये।"

झुम्मन चाचा ने उसकी बात का कुछ जवाब दिया या नहीं, इस ओर ध्यान दिए बिना ही वह तेजी से स्कूल के लिए चल पड़ा। और जब वह स्कूल पहुँचा, मोहल्लेवालों को समझाने का एक उपाय उसके दिमाग में आ गया था। दिनभर पढ़ने के बाद शाम को जब छुट्टी हुई तब उसने स्कूल में पढ़ने आने वाले मोहल्ले के सभी लड़कों को स्कूल के मैदान में इकट्ठा होने के लिए कहा। मोहल्ले के पन्द्रह लड़के वहाँ पढ़ने जाते थे। जब पूरे पन्द्रह लड़के इकट्ठे हो गये तब तपन ने बीच में खड़े होकर मोहल्ले की सड़कों के चारों ओर फेंकी जाने वाली गन्दगी की ओर उनका ध्यान आकर्षित किया और कहा—"साथियो, दो दिन बाद रविवार है। रविवार को हममें से कोई भी आराम नहीं करेगा। हम सभी सुबह नाश्ता लेने के बाद अपने-अपने घरों से टोकरी और फावड़ा-बेलछा, जिसके यहाँ जो कुछ भी हो, लेकर सड़कों के किनारे लोगों द्वारा फेंके गये कूड़े को इकट्ठा करके नगर निगम के कूड़ाघर में फेंकेंगे। गन्दगी के कारण मोहल्ले में मलेरिया फैलने की आशंका है। आज ही मैंने झुम्मन चाचा के लड़के करीम को मलेरिया से बीमार देखा है।"

लड़के वैसे भी तपन का सम्मान करते थे। उसकी बात सुनकर सभी तैयार हो गये। और रविवार की सुबह-सुबह ही पन्द्रह लड़कों का दल मोहल्ले की सड़कों के आस-पास इकट्ठा कूड़े के ढेरों की सफाई में जुट गया। तपन सबसे आगे बड़ी तेजी से काम कर रहा था। उसने एक डण्डे में एक तख़्ती बांधकर उसे सड़क के एक ओर गाड़ दिया था। तख्ती पर लिखा था—'मोहल्ले को साफ रखना हमारा परम कर्तव्य है। सफाई स्वास्थ्य के लिए लाभप्रद होती है।'

पन्द्रह लड़कों का वह दल पूर्ण मनोयोग से टोकरों में कूड़ा भरकर नगर निगम के कूड़ाघर में फेंकने में व्यस्त था। उस समय उन सबमें एक

ही धुन लगी थी—सफाई... सफाई...मोहल्ले की सफाई।

लगभग एक घंटा बाद तपन ने झुम्मन चाचा को कन्धे पर फावड़ा और टोकरा लिये आते देखा। पहले तो वह कुछ समझ नहीं पाया, लेकिन क्षण भर में ही जब वह उसके निकट आकर प्यार से उससे बोले—"बेटा तपन, तुम छोटा होते हुए भी मुझसे अक्ल में बड़े हो। सच, यह गन्दगी हम लोगों के लिए हानिकारक हो सकती है, मैंने कभी नहीं सोचा था। डॉक्टर ने बताया है कि करीम को मलेरिया गन्दगी के कारण ही हुआ है।"

तपन कोई उत्तर देता, इससे पहले ही झुम्मन चाचा उसके साथ ही सफाई अभियान में जुट गये। थोड़ी देर में ही तपन ने देखा कि झुम्मन चाचा को लड़कों के साथ सफाई करता देखकर मोहल्ले के कुछ और लोग भी धीरे-धीरे आकर काम में जुट गये। और दोपहर तक उन सबने मिलकर मोहल्ले में जहाँ कहीं भी कूड़े का ढेर देखा, उसे टोकरों में भरकर कूड़ाघर में फेंक दिया। दोपहर तक मोहल्ले की सभी सड़कें एकदम साफ-सुथरी हो गयीं।

तपन के इस सफाई अभियान का मोहल्लेवालों पर यह असर हुआ कि उस दिन के बाद सभी लोग सड़क के किनारे कूड़ा फेंकने के बजाय कूड़ाघर में ही कूड़ा फेंकने लगे। उस दिन के बाद कभी मोहल्ले की सड़कों को गन्दा नहीं देखा गया।

मिलावट

पढ़ते-पढ़ते दीपक का मन जब कुछ परिवर्तन के लिए मचलने लगा, तब पुस्तक बन्द कर उसने मेज पर रख दी और कपड़े पहनकर दिनेश के घर की ओर चल पड़ा। जब वह दिनेश के घर से कुछ ही दूरी पर था, उसने दिनेश को घर के बाहर खड़ा देखा। वह खुश हो गया और सोचने लगा कि शायद दिनेश खेलने के लिए उसकी प्रतीक्षा कर रहा है।

लेकिन जब वह दिनेश के निकट पहुँचा, तब उसका मुरझाया चेहरा देखकर कुछ सोच में पड़ गया। उसने पूछा—"दीनू, यह रोनी-सी सूरत क्या बना रखी है?"

दिनेश कुछ नहीं बोला। दीपक ने देखा, दिनेश की आँखें घुचघुचाई हुई हैं। वह सोचने लगा—जरूर आज किसी बात पर उसे डांट पड़ी है। उसने फिर पूछा—"दीनू, क्या बात है? बोलते क्यों नहीं? क्या मम्मी ने डांटा है?"

"नहीं, दीपू, मुझे किसी ने नहीं डांटा।" इतना कहते-कहते दिनेश की आँखों से आँसू बहने लगे।

"अरे, बताओगे भी कुछ या रोते ही रहोगे।" उसका हाथ पकड़ते हुए दीपक ने पूछा।

आँसू पोछते हुए दिनेश बोला—"पापा की तबीयत खराब है।"

"डॉक्टर को दिखाया?"

"डॉक्टर निगम को मम्मी ने रात ही बुलाया था। दवा दे गये थे और कह रहे थे कि ठीक हो जायेंगे।"

"लेकिन यह हुआ कैसे? क्या कुछ खाने-पीने में गड़बड़ी हुई। डॉक्टर निगम क्या बता रहे थे?" दीपक ने पूछा।

"वह बता रहे थे कि खाने-पीने की गड़बड़ी से ही हुआ है। दरअसल दीपू, वनस्पति घी मैं ही लाया था खरीदकर टीकमचन्द की दूकान से। कल

पूरी वगैरह बनी थी घर में। मैं तो था नहीं कल, मामा के यहाँ गया था। आज जब आया तब पापा को बीमार पाया। इसलिए उनकी बीमारी के लिए

दोषी तो मैं ही हूँ न!” दिनेश फिर उदास हो गया।

“तुम अपने को दोषी इसलिए ठहरा रहे हो, क्योंकि घी खरीदकर तुम लाए थे। लेकिन वह तो तुम्हारे पापा भी ला सकते थे और वह भी उसी दूकान से लाते। क्योंकि तुम्हारे घर का सामान टीकमचन्द की दूकान से ही आता है। भाई, पापा की बीमारी के लिए तुम दोषी नहीं हो, वास्तविक दोषी तो कोई और ही है।” दीपक ने विश्वासपूर्ण स्वर में कहा।

दिनेश हक्का-बक्का उसे देखता रहा। वह कुछ कहने ही जा रहा था कि दीपक ने कहा, “अच्छा दिनेश, अभी कुछ दूसरा काम याद आ गया है, इसलिए चलता हूँ। शाम को आऊँगा।” और वह वहाँ से चला आया।

वह सीधे अपने घर पहुँचा। उसने अपनी गुल्लक निकाली। उसमें से उसने इतने पैसे ले लिये जितने से वह एक पाव वनस्पति घी खरीद सकता था। उसने घर से एक डिब्बा लिया और चल पड़ा टीकम चन्द की दुकान की ओर।

वनस्पति घी लेकर वह अपने पिता जी के मित्र शर्मा जी के घर की ओर चल पड़ा। शर्मा जी इस शहर की एक फैक्टरी में केमिस्ट थे।

जब वह शर्मा जी के घर पहुँचा, वह लंच के लिए आ चुके थे और हाथ धो रहे थे। उसे देखते ही वह बोले—“आओ दीपू, बहुत दिनों बाद चाचा की याद आयी।”

“चाचा जी, आपसे एक काम है।”

“हाँ-हाँ, कहो बेटे!” शर्मा जी बोले।

“चाचा जी, आप अपनी फैक्टरी की प्रयोगशाला में इस घी को ‘टेस्ट’ करके क्या मुझे आज शाम को बता सकते हैं कि इसमें किस चीज़ की मिलावट है?”

“हां-हाँ, क्यों नहीं? तुम शाम को आकर रिपोर्ट ले जाना। मैं तो नहीं मिलूँगा, क्योंकि मुझे कहीं जाना है। लेकिन रिपोर्ट मैं तुम्हारी चाची को दे जाऊँगा। तुम उनसे आकर ले जाना।”

दीपक घर चला गया। घर पहुँचकर वह पांच बजने का इन्तजार करने लगा। पांच बजते ही वह शर्मा जी के घर की ओर चल पड़ा। रिपोर्ट उसे मिल गयी। रिपोर्ट स्पष्ट बता रही थी कि वनस्पति घी में पन्द्रह प्रतिशत ’ग्रीज’ मिली हुई है।

रिपोर्ट और घी का डिब्बा लेकर वह चला गया। थोड़ी देर बाद टीकमचन्द की दुकान पर मोहल्ले वालों की भीड़ इकट्ठी थी। पुलिस ने छापा मारकर वनस्पति घी के सारे टिन जब्त कर लिये थे। टीकमचन्द को भी गिरफ्तार कर लिया गया था।

जल्दी ही सबको दीपक की दौड़-धूप का पता चल गया। वे उसकी प्रशंसा करने लगे। तभी दीपक की नजर भीड़ में एक ओर खड़े दिनेश पर पड़ी। वह लपककर उसके पास पहुँचा और बोला—"दीनू, अब तुम्हारे पापा की तबीयत कैसी है?"

"अब काफी ठीक है।"

"दीनू, अब पता चल गया न कि तुम्हारे पिता जी की तबीयत खराब होने का कारण क्या था? वास्तविक दोषी पुलिस की गिरफ्त में है।" यह कहकर दीपक उसके गले से लग गया। दोनों जोर से हंसने लगे।

खुदा का इन्साफ

हिम्मतगढ़ के बादशाह मुहम्मद शाह एक बार शिकार खेलने के लिए अकेले ही जंगल में गए। शिकार की तलाश में वह जंगल में घण्टों भटकते रहे, लेकिन उस दिन उन्हें कोई शिकार नहीं मिला। अन्त में बहुत अधिक थककर उन्होंने अपना घोड़ा एक पेड़ से बाँध दिया और आराम करने के लिए पेड़ के नीचे लेट गए। उन्होंने आँखें बन्द कर ली और कुछ सोचने लगे। अभी कुछ क्षण ही बीते थे कि पास की झाड़ियों में उन्हें खुरखुराहट सी सुनाई पड़ीं। वह तुरन्त उठकर बैठ गए। उन्होंने अपनी बन्दूक सम्भाली और सतर्क होकर इधर-उधर देखने लगे।

देखते हुए उनकी दृष्टि एक हिरन पर पड़ी। हिरन एक झाड़ी में फँसा हुआ था और उससे बाहर निकलने के लिए छटपटा रहा था। बादशाह को

इस बात की खुशी हुई कि उन्हें अनायास ही शिकार मिल गया। वह हिरन पर निशाना लगाकर गोली दागना ही चाह रहे थे कि तभी उनकी दृष्टि एक साँप पर पड़ी। साँप अपना फन उठाये फुंकारता हुआ हिरन की ओर बढ़ रहा था। अब बादशाह इस सोच में पड़ गये कि गोली हिरन को मारें या साँप को। वह कुछ भी निर्णय ले पाते कि इससे पहले ही साँप ने आगे बढ़कर हिरन के पैर में काट लिया। साँप के काटते ही हिरन छटपटाता हुआ गिरकर मर गया। साँप अभी भी उसके पास फन उठाये खड़ा फुँकार रहा था। हिरन तो मर ही चुका था, अतः बादशाह ने साँप पर गोली दाग दी। गोली लगते ही साँप वहीं ढेर हो गया।

बादशाह उस झाड़ी की ओर उठकर नहीं गये। वह पुनः पेड़ के नीचे लेट गए और आराम करने लगे। थोड़ी देर बाद चार बहेलियों का एक दल वहाँ से निकला। बादशाह ने उनको आवाज देकर अपने पास बुलाया। बादशाह को देखकर चारों बहेलिए घबड़ाए हुए से उनके सामने आ उपस्थित हुए। बादशाह ने उनको आदेश दिया कि वे झाड़ी में मरे पड़े उस हिरन को उठाकर उनके पास ले आएँ।

चारों बहेलिए झाड़ी के पास पहुँचे। उन लोगों ने जैसे ही हिरन को उठाना चाहा, वह टुकड़े-टुकड़े होकर बिखर गया। वे बहुत परेशान हुए। उनके समझ में नहीं आया कि थोड़ी देर पहले मरे इस हिरन का शरीर इतनी जल्दी कैसे सड़-गल गया। तभी उन लोगों की दृष्टि पास में ही मरे पड़े साँप पर पड़ी। अब उन लोगों को यह समझते देर न लगी कि उस हिरन की मृत्यु साँप के काटने से हुई है। उसके तेज जहर के कारण ही इतनी जल्दी हिरन का शरीर गल गया है। वे यह भी समझ गये कि बाद में बादशाह ने साँप को मार दिया है।

वे चारों बादशाह के पास आए और सारी बात बताने के बाद उन्होंने उनसे कहा, "हुजूर, आप जल्दी ही यहाँ से चले जाएँ। क्योंकि जिस साँप के काटने से हिरन की मृत्यु हुई है, वह बहुत अधिक जहरीला है। खुदा का शुक्र है कि आप ऐसे स्थान पर बैठे हैं, जहाँ उधर की हवा नहीं आ रही। साँप इतना अधिक जहरीला है कि उसका जहर हवा में उड़कर आस-पास के लोगों को मार देता है।"

बादशाह कुछ देर तक सोचते रहे, फिर उन्होंने कहा—"आप लोगों को कुछ तकलीफ तो जरूर होगी, लेकिन यदि आप लोग किसी प्रकार पिटारी में बन्द करके साँप को दरबार में पहुँचा दें, तो मैं आप लोगों को ढेर सारा इनाम दूँगा।" यह कहकर उन्होंने घोड़ा खोला और सवार होकर हिम्मतगढ़ की ओर चल पड़े।

चारों बहेलिए इनाम के लालच में आ गए। उनमें से एक बहेलिए के पास पीतल का एक डिब्बा था। अतः उन्होंने किसी प्रकार डण्डों की सहायता से साँप को उठाकर उस डिब्बे में बन्द किया और डिब्बे को एक डण्डे में लटकाकर बादशाह को देने के लिए चल पड़े। चारों बहुत होशियार बहेलिये थे। उन्होंने इतनी होशियारी से साँप को डिब्बे में बन्द किया था कि उसका जहर उन्हें प्रभावित नहीं कर पाया।

उन बहेलियों के दरबार में पहुँचने से पहले ही बादशाह दरबार में पहुँच चुके थे। बहेलियों के पहुँचने पर वह बहुत प्रसन्न हुए। उन्होंने डिब्बे को बहेलियों से ले लिया और उन्हें बहुत सा इनाम देकर विदा कर दिया।

अब उन्होंने हकीम को बुलाया और वह डिब्बा देते हुए बताया कि उसके अन्दर एक मरा हुआ जहरीला साँप है। साँप के जहर की भयंकरता बताने के बाद उन्होंने धीरे से हकीम से कहा—"हकीम साहब, मैं आपका कुछ करतब देखना चाहता हूँ। मैं चाहता हूँ कि आप इस साँप के जहर से कुछ जहरीली गोलियाँ तैयार करें। हाँ, यह जरूर ध्यान में रखें कि तैयार गोलियाँ कुछ सुगंधित हों और आकार में उतनी बड़ी हों, जितनी बड़ी गोलियाँ मैं पान के साथ इस्तेमाल करता हूँ।"

हकीम ने सिर झुकाकर बादशाह की बात मान ली। वह उस डिब्बे को एक डण्डे में लटकाकर अपने घर ले गए। दो दिन तक हकीम साहब दरबार में नहीं आए। बादशाह को चिन्ता हुई कि कहीं साँप के जहर से गोलियाँ बनाते समय वह मर न गए हों। लेकिन तीसरे दिन जब हाथ में एक डिब्बा थामें हकीम साहब दरबार में आए तब उन्हें देखकर बादशाह अत्यधिक खुश हुए। डिब्बा बादशाह को देते हुए हकीम साहब ने कहा—"हुजूर ने जिस चीज के लिए हुक्म दिया था, वह तैयार है। चाहें तो हुजूर इसे खोलकर देख लें।"

लेकिन बादशाह ने डिब्बा खोलकर नहीं देखा। उन्होंने हकीम को दस

हजार मुद्राएँ इनाम में दी और यह बात किसी भी दरबारी को न बताने के लिए कहा। बादशाह ने उन्हें धमकाते हुए कहा—"अगर यह बात आपने किसी को भी बतायी तो आपका सिर कलम कर दिया जायेगा।"

हकीम ने भय के कारण यह बात कभी किसी को नहीं बतायी। बादशाह पान खाने के शौकीन थे। अतः उन्होंने सोने का खूबसूरत पानदान बनवाया। उसमें उन्होंने तीन खाने बनवाए। एक में उन्होंने बने बनाए पान की बीड़े रखे, दूसरे में स्वर्ण भस्म आदि तत्वों की बनी वे सुगन्धित गोलियाँ रखीं जो वह स्वयं पान के साथ खाया करते थे और तीसरे खाने में उन्होंने हकीम द्वारा तैयार की हुई जहरीली गोलियाँ रख लीं। एक बाँदी हर समय यह पानदान लिए बादशाह के पास ही खड़ी रहा करती थी। जब उनकी पान खाने की इच्छा होती, बाँदी पानदान खोलकर बादशाह के सामने बढ़ा दिया करती। बादशाह स्वयं पान और पौष्टिक सुगन्धित गोली निकालकर खा लिया करते थे।

बादशाह ने जहरीली गोलियाँ उन लोगों को मारने के लिए बनवायी थीं, जिनसे वह नाराज थे। ऐसे लोगों को प्रारम्भ में दो-चार बार वह अपने हाथ से पान तथा सुगन्धित गोली खाने को देते, जिन्हें वह स्वयं खाया करते

थे। बादशाह के हाथ से पान पाकर लोग बहुत खुश हुआ करते थे और यह सोचने लगते थे कि बादशाह उन्हें बहुत चाहने लगे हैं। इस तरह सभी दरबारियों के सामने बादशाह उन लोगों का हृदय जीत लिया करते थे। किन्तु बाद में किसी दिन रात में उस आदमी को वह किसी काम के बहाने महल में बुलाते और बातचीत के दौरान उसे पान तथा जहरीली गोली खिलाकर विदा कर दिया करते। घर पहुँचने पर उस आदमी की मृत्यु हो जाया करती थी। लेकिन, किसी को भी बादशाह पर शक नहीं हुआ करता था।

उन दिनों बादशाह के दरबार में उनके सेनापति खजान सिंह का बहुत रोबदाब था। खजान सिंह का रोबदाब देखकर बादशाह के मन में शंका उठी कि कहीं अधिक शक्तिशाली हो जाने पर खजान सिंह उनकी बादशाहत छीनकर स्वयं हिम्मतगढ़ का राजा न बन जाए। बादशाह की यह शंका दिन पर दिन बढ़ती गयी। अब वह खजान सिंह को रास्ते से हटाने के उपाय सोचने लगे। लेकिन, खजान सिंह ने कभी स्वप्न में भी यह नहीं सोचा था कि बादशाह उनके विषय में ऐसा सोचते हैं। वह पूरी ईमानदारी तथा स्वामिभक्ति से उनकी सेवा में लगा था।

काफी सोचने के बाद बादशाह ने खजान सिंह को भी जहरीली गोली पान के साथ खिलाकर मारने का निर्णय किया। उन्होंने खजान सिंह को आवश्यक बातचीत करने के लिए महल में बुलाया और पूरी आवभगत के बाद उसे पान तथा वह सुगन्धित गोली खाने को दी, जो वह स्वयं खाया करते थे। लेकिन जब तीसरी बार उन्होंने खजान सिंह को बातचीत के लिए बुलाया तो यह सोचकर कि इस बार उसे वह पान के साथ जहरीली गोली खाने को दे देंगे और उससे मुक्ति पा लेंगे।

बादशाह के बुलाने पर खजान सिंह महल में पहुँचा। काफी देर तक बातें होती रहीं। इसी बीच में बादशाह ने बाँदी को पानदान लाने का आदेश दिया। हुकम पाकर बांदी ने पानदान बादशाह के आगे कर दिया। बात करते हुए ही उन्होंने पानदान से पान निकालकर खजान सिंह को दिया। खजान सिंह ने झुककर बादशाह को आदाब किया और पान लेकर मुँह में रख लिया। इसके बाद बादशाह ने इस बार एक ही खाने से गोली न

निकालकर दोनों खानों से गोलियाँ निकाली। उन्होंने एक गोली खजान सिंह को दी एक स्वयं खा ली। लेकिन उस दिन वह चतुर बादशाह चूक गया। अनजाने ही जल्दीबाजी में जहरीली गोली तो वह स्वयं खा गया और अच्छी गोली उसने सेनापति खजान सिंह को दे दी।

पान खाने के बाद भी बातचीत जारी रही, किन्तु बादशाह अपने अन्दर बेचैनी सी महसूस करने लगे। उन्हें चक्कर सा आने लगा। उन्हें लगा कि आँखों के आगे अन्धेरा सा छाता जा रहा है। बादशाह समझ गये कि वह गलती कर गए हैं और अब उनकी मृत्यु निकट है। उनकी आवाज़ लड़खड़ाने लगी। बादशाह की हालत देखकर खजान सिंह घबड़ाया। उसने पूछा—"जहाँ पनाह की तबियत शायद खराब हो गयी है।"

बादशाह ने खजान सिंह की ओर देखा। उनकी आँखों में आँसू उमड़ आए। खजान सिंह घबड़ाकर खड़े हो गये। उन्होंने आवाज देकर एक नौकर को बुलाया और उसे आदेश दिया कि वह जल्दी से हकीम को ले आए।

लेकिन नौकर को हाथ के इशारे से रोकते हुए बादशाह ने खजान सिंह से कहा—"खजान सिंह हकीम को बुलाने से कोई फायदा नहीं। मैं अब चन्द क्षणों का मेहमान हूँ। अब मुझे मरना ही पड़ेगा। मेरे पापों का घड़ा भर चुका है।"

फिर कुछ रुककर वह पुनः बोले, "खजान सिंह कभी किसी का बुरा नहीं सोचना चाहिए। जो दूसरों का बुरा सोचते हैं, एक न एक दिन खुद उनका बुरा जरूर होता है। मैं पान के साथ जहरीली गोली खिलाकर तुम्हें आज मारना चाहता था। इससे पहले भी मैंने कई दरबारियों को मारा था। लेकिन, खुदा ने आज सही इन्साफ कर दिया। मुझे मेरे पापों का फल दे दिया।... वह जहरीली गोली तुम्हें देने के बजाय मैं खुद खा गया और...और...।" बादशाह आगे कुछ नहीं कह पाये। उनके प्राण पखेरू उड़ गये।

खजान सिंह आश्चर्यचकित न जाने कितनी ही देर तक खड़े बादशाह को देखते रहे।

नन्हा वीर

जिन दिनों चित्तौड़ में महाराजा रतनसिंह का राज्य था, उन्हीं दिनों दिल्ली का बादशाह था अलाउद्दीन खिलजी। अलाउद्दीन खिलजी ने अनेक राजाओं को हराकर उन्हें अपने अधीन कर लिया था। वह चित्तौड़ पर चढ़ाई करके उसे भी अपने अधिकार में करना चाहता था। लेकिन उसे मालूम था कि चित्तौड़ के राजपूतों को हराकर चित्तौड़ को अधिकार में करना एक टेढ़ी खीर है। वह वहाँ के राजपूतों की वीरता के विषय में बहुत कुछ सुन चुका था। अतः वहाँ आक्रमण करने के लिए कोई-न-कोई बहाना तलाशने लगा।

और एक दिन उसे वह बहाना मिल भी गया। एक दिन उसके एक दरबारी ने उसे बताया कि चित्तौड़ की रानी पद्मिनी बहुत सुन्दर है। दरबारी ने पद्मिनी की सुन्दरता की इतनी अधिक प्रशंसा की कि अलाउद्दीन पद्मिनी को पाने के लिए बेचैन हो उठा। उसने तुरन्त सेनापति को बुलाया और आदेश दिया कि वह सेना को तैयार करे।

वह स्वयं भी तुरन्त चित्तौड़ की ओर विशाल सेना लेकर चल पड़ा। मार्ग में पड़ने वाले छोटे-मोटे राजाओं को हराता, गाँवों को लूटता और मन्दिरों को तोड़ता हुआ वह चित्तौड़ के निकट जा पहुँचा। उसने नगर के बाहर अपनी सेना का पड़ाव डाला और एक दूत द्वारा महाराजा रतनसिंह के पास कहलवा भेजा कि वह केवल उनकी रानी पद्मिनी के सौन्दर्य को शीशे में देखना चाहता है। चित्तौड़ पर आक्रमण करने की गन्दी विचारधारा लेकर वह वहाँ नहीं आया। वह तो रतनसिंह को अपना मित्र समझता है।

सन्देश पाकर महाराजा रतनसिंह सोच में पड़ गये। आखिर वह इस निर्णय पर पहुँचे कि यदि वह पद्मिनी को दिखाने से इन्कार कर देंगे तो युद्ध अवश्य होगा क्योंकि वह जानते थे कि अलाउद्दीन झूठे ही मित्रता का ढोंग

कर रहा है। लेकिन युद्ध होने की स्थिति में उनके सामने एक समस्या थी। अलाउद्दीन खिलजी की अपेक्षा उनके पास सेना कम थी। अतः वह सोचने लगे कि यदि बिना रक्तपात हुए अलाउद्दीन रानी को शीशे में देखकर वापस लौट जाए तो, बला टले। उन्होंने शीशे में रानी पद्मिनी को दिखाने का ही निर्णय किया और सन्देश-वाहक से अलाउद्दीन के पास कहलवा भेजा कि वह तैयार हैं।

दूसरे दिन अलाउद्दीन अपने कुछ चुने हुए सैनिकों को लेकर दुर्ग के अन्दर आया। महाराजा रतनसिंह ने उसका खूब स्वागत सत्कार किया। स्वागत सत्कार के समय अलाउद्दीन भी उनके साथ इस प्रकार व्यवहार करता रहा, जैसे वह उनका बचपन का मित्र है और बहुत दिनों बाद उनसे मिला है।

स्वागत-सत्कार के बाद महारानी पद्मिनी को देखने का कार्यक्रम था। महाराजा ने अलाउद्दीन के बैठने के लिए महल के नीचे कुछ दूरी पर व्यवस्था की थी। महल के छज्जे पर की दीवार पर उन्होंने खूब लम्बा-चौड़ा शीशा लगवा दिया था। शीशा इस प्रकार लगाया गया था कि जब रानी शीशे के सामने आएँ तब शीशे में उनकी आकृति को नीचे बैठा अलाउद्दीन देख सके।

अलाउद्दीन महल के नीचे आसन पर बैठा रानी को शीशे में देखने के लिए बेचैन हो रहा था। थोड़ी देर बाद रानी की आकृति उसे शीशे में दिखाई पड़ी। देखकर वह आश्चर्यचकित रह गया। आज तक उसने इतनी सुन्दर स्त्री नहीं देखी थी। वह रानी पर मुग्ध हो उठा। अब वह मन-ही-मन रानी को प्राप्त करने की योजना बनाने लगा। थोड़ी देर बाद जब रानी की आकृति शीशे से ओझल हो गयी तब अलाउद्दीन भी उठ खड़ा हुआ। उसने महाराजा रतनसिंह से चलने की इजाजत माँगी।

महाराजा उसके व्यवहार से भ्रम में पड़ गये थे। वह उसे सच ही अपना मित्र समझने लगे थे। अतः वह उसे छोड़ने के लिए दुर्ग के द्वार तक आए। बस, यहीं उन्होंने गलती कर दी। महाराजा को अकेला पाकर अलाउद्दीन ने अपने साथ के सैनिकों को आदेश दिया कि वे उन्हें कैद कर लें।

महाराजा को कैद करके वह उन्हें अपनी छावनी में ले गया और दुर्ग के अन्दर कहलवा भेजा कि जब तक रानी पद्मिनी उससे आकर नहीं मिलती, वह महाराजा को नहीं छोड़ेगा। यदि राजपूतों ने युद्ध करके महाराजा को छुड़वाना चाहा तो चित्तौड़ की ईंट से ईंट बजा दी जायेगी।

जैसे ही यह सन्देश दुर्ग के अन्दर राजपूतों को ज्ञात हुआ, उनका रक्त खौल उठा। अपने राजा के साथ अलाउद्दीन के इस विश्वासघात को सुनकर वे बौखला उठे। हजारों की संख्या में राजमहल के बाहर इकट्ठे हो गये और अलाउद्दीन की सेना पर आक्रमण करने के लिए रानी की अनुमति चाहने लगे। लेकिन रानी जानती थी कि अलाउद्दीन की विशाल सेना से मुट्ठी-भर सेना का टकराना पहाड़ से टकराने जैसा होगा। और पहाड़ से टकराने का मतलब अपना ही सिर फोड़ना होगा। महाराजा को छुड़ा पाना तो कठिन होगा ही, यह मुट्ठीभर राजपूत भी स्वाहा हो जायेंगे। राजमहल के बाहर इकट्ठा राजपूतों को रानी ने कहलवा दिया कि वह कुछ देर में अपना निर्णय बतायेंगी। उनका निर्णय जानने तक राजपूत चुप रहें।

रानी पद्मिनी ने तुरन्त कुछ विश्वासपात्र लोगों की एक सभा राजमहल के अन्दर बुलायी। सभा में उनके मामा गोरा भी थे। गोरा ने रानी के सामने एक योजना रखी। योजना सुनकर सभी लोगों ने प्रसन्नतापूर्वक अपनी सहमति दे दी। लेकिन एक समस्या पैदा हो गयी। योजना में एक व्यक्ति को रानी के भेष में पालकी में बैठकर अलाउद्दीन से मिलने जाना था। लेकिन उन लोगों को ऐसा कोई व्यक्ति समझ में नहीं आ रहा था, जो रानी का भेष धारण कर सकता। वे लोग इस चिन्ता में डूबे कुछ सोच ही रहे थे कि उसी समय वहाँ रानी का भांजा बादल आया। बादल बारह वर्ष का अत्यन्त सुन्दर बालक था। उन सबको चिन्तित देखकर उसने उनकी चिन्ता का कारण पूछा। गोरा ने उसे सारी बात बता दी। बात सुनकर अत्यन्त प्रसन्न होता हुआ वह बोला–"इतनी-सी बात के लिए आप लोग परेशान थे। अरे, यह कार्य मैं करूँगा।"

"लेकिन बेटे, हमें ऐसे योद्धा की जरूरत है, जो कुशलतापूर्वक महाराजा को बाहर निकाल लाए। इसमें युद्ध भी करना पड़ सकता है।"

"तो क्या आपको मेरी तलवार में विश्वास नहीं? आप विश्वास करें, मैं महाराजा को सकुशल दुर्ग में ले आऊँगा।"

बादल की बात सुनकर गोरा और रानी ने उसे छाती से लगा लिया। थोड़ी देर बाद ही सात सौ पालकियाँ अलाउद्दीन के पड़ाव की ओर चल पड़ीं। सबसे आगे की पालकी में रानी पद्मिनी के भेष में बादल तलवार लिए बैठा था और शेष में थे चित्तौड़ के चुने हुए योद्धा।

रानी पद्मिनी ने एक पत्र लिखकर पहले ही अलाउद्दीन के पास भेज दिया था कि वह सात सौ दासियों के साथ बादशाह की शरण में आ रही है। लेकिन रानी ने एक शर्त भी रख दी थी कि अलाउद्दीन से मिलने से पहले वह राजा से मिलेंगी। अलाउद्दीन ने रानी की यह शर्त मन्जूर कर ली थी और उसने अपने सैनिकों को आदेश दिया था कि वह रानी और उसकी दासियों को राजा से मिलने से न रोकें।

अलाउद्दीन रानी पद्मिनी के आने के समाचार से बहुत खुश था। उसने सैनिकों को उत्सव मनाने की छूट दे दी। सैनिक नाचने-गाने में मस्त हो गये। इधर जब सात सौ पालकियाँ अलाउद्दीन के पड़ाव में पहुँची तब

उसके सैनिकों ने उन्हें तुरन्त वहाँ पहुँचा दिया जहाँ महाराजा रतनसिंह कैद थे।

महाराजा के पास पहुँचते ही सभी सात सौ योद्धा पालकी से बाहर निकल आए। बादल लपक कर महाराजा के पास पहुँचा और बोला—"महाराज, शीघ्रता कीजिए। निकल चलिए।"

एक क्षण के लिए यह दृश्य देखकर महाराजा रतनसिंह भी आश्चर्य चकित रह गये। लेकिन क्षण भर में ही वह सम्भले और बादल के साथ चलने को तैयार हो गये। इधर अलाउद्दीन के सैनिकों को जैसे ही यह ज्ञात

हुआ कि पालकी में सवार रानी की दासियाँ नहीं, चित्तौड़ के योद्धा थे, तब उनमें खलबली मच गयी। मारकाट शुरू हो गयी। चित्तौड़ के योद्धा अत्यन्त वीरता से लड़ने लगे। उनका संचालन कर रहे थे महारानी पद्मिनी के मामा गोरा।

बादल भी अत्यन्त वीरता से लड़ रहा था। बादल हर सम्भव कोशिश कर रहा था कि वह महाराजा को सुरक्षित बचाकर दुर्ग में पहुँच जाए। वह अपने प्रयत्न में सफल भी हो गया। सामने आने वाले यवन सैनिकों का सफाया करता हुआ वह महाराजा को लेकर सकुशल दुर्ग में पहुँच गया।

बादल के साथ गए शेष सभी योद्धा अन्तिम दम तक यवनों का सामना करते रहे। उन्होंने ऐसी वीरता का प्रदर्शन किया, जिससे अलाउद्दीन खिलजी के सैनिकों के छक्के छूट गये। लेकिन उसकी विशाल सेना के सामने वे कब तक टिकते। सभी योद्धाओं ने देश के लिए अपने प्राणों को न्योछावर कर दिया और वीरगति प्राप्त की।

दुर्ग में पहुँचने के बाद महाराजा रतनसिंह ने भी सेना एकत्रित की और अलाउद्दीन के साथ युद्ध किया। इस युद्ध में भी बादल अत्यन्त वीरतापूर्वक लड़ा। लेकिन अन्त में वही हुआ, जिसकी सम्भावना थी। इस युद्ध में महाराजा रतनसिंह सहित हजारों राजपूतों ने वीरगति प्राप्त की।

महाराजा के मरने का समाचार पाकर अलाउद्दीन बहुत प्रसन्न हुआ। वह चाहता था कि महाराजा की मृत्यु का समाचार चित्तौड़ दुर्ग में न पहुँचे। वह अपनी बची सेना लेकर दुर्ग की ओर बढ़ा। उसने सोचा था कि चुपके से दुर्ग में पहुँचकर वह रानी को कैद कर लेगा। लेकिन उसकी इस योजना को एक बार फिर असफल कर दिया वीर बालक बादल ने।

बादल को जब पता चला कि महाराजा वीरगति प्राप्त कर चुके हैं तब वह युद्ध छोड़कर अपना घोड़ा दौड़ाता हुआ दुर्ग में पहुँच गया। उसने सीधे राजमहल में पहुँचकर महारानी पद्मिनी को महाराजा की मृत्यु का अशुभ समाचार सुनाया। समाचार सुनते ही रानी ने तुरन्त जौहर करने का निर्णय किया। शीघ्र ही चिता तैयार को गयी और चित्तौड़ को हजारों राजपूत ललनाओं के साथ महारानी पद्मिनी ने चिता में प्रवेश करके अपने को खाक कर लिया।

जब अलाउद्दीन ने सेना सहित दुर्ग में प्रवेश किया, वहाँ चारों ओर उसे खाक उड़ती नजर आयी। और जब उसे मालूम हुआ कि पद्मिनी ने जौहर कर लिया तब वह हाथ मलता हुआ वहाँ से वापस लौट आया। उसे यह कभी ज्ञात नहीं हुआ कि उसकी सारी योजनाओं पर पानी फेरने वाला केवल बारह वर्ष का एक नन्हा वीर बालक बादल था।

योग्य उत्तराधिकारी

रामनगर में रत्नसेन नामक राजा राज्य करते थे। वह बहुत ही दयालु, वीर तथा प्रजा पालक थे। अपने पराक्रम के बल पर उन्होंने अनेक राज्यों को जीतकर उन्हें अपने राज्य में मिला लिया था और अपने राज्य का विस्तार कर लिया था। उन्होंने हिमालय की ओर से आने वाली आक्रमणकारी जातियों का भी विनाश किया। उन दिनों मध्य एशिया की शक एवं हूण जातियाँ प्रायः हिमालय की ओर से रत्नसेन के राज्य में आक्रमण करके लूटपाट करने की कोशिश करती रहती थीं, लेकिन महाराजा के पराक्रम के सामने वे अधिक लूटपाट किये बिना ही वापस लौट जाया करती थीं। इसीलिए महाराजा रत्नसेन को उनकी प्रजा बहुत चाहती थी।

महाराजा के तीन पुत्र थे। महाराजा को राज्य करते हुए चालीस वर्ष व्यतीत हो चुके थे और वह वृद्ध हो चुके थे। राज्य का भार सम्भाल पाने में वह अपने को असमर्थ पा रहे थे, और वह अपने तीनों पुत्रों में से किसी एक को राजा बनाना चाहते थे। लेकिन वह नहीं समझ पा रहे थे कि उन तीनों में से किसको राजा बनाएँ। वह अपने बाद प्रजा को एक ऐसा राजा देना चाहते थे, जो उन्हीं की तरह प्रजा का पालन कर सके। वह यह भी चाहते थे कि भावी राजा यदि नये राज्यों पर विजय प्राप्त नहीं कर पाता तो कोई खास बात नहीं, लेकिन वह जीते हुए राज्यों को भलीभाँति सम्भाल तो सके।

एक दिन महाराज इसी चिन्ता में डूबे हुए थे कि उनका मन्त्री आया। रत्नसेन को चिन्तित देखकर उसने पूछा—"महाराज कुछ परेशान नजर आ रहे हैं! क्या कोई विशेष बात...।"

"ओह! पाहुम। आओ...आओ।" महाराज ने मन्त्री को देखते ही अपने निकट बुलाया और बोले—"पाहुम बड़ी गम्भीर समस्या है मेरे सामने। तुम्हीं कोई हल बताओ?"

"क्या समस्या आ गयी महाराज?" पाहुम ने पूछा।

"तुम तो जानते ही हो कि मैं अब वृद्ध हो गया हूँ। शरीर अब इस योग्य नहीं रहा कि राज्यभार को अधिक दिनों तक ढो सकूँ। मैं चाहता हूँ कि अपने तीनों राजकुमारों में से किसी को राज्यभार सौंप दूँ और वानप्रस्थ में प्रवेश करूँ। तुम तीनों राजकुमारों में से किसे इस योग्य समझते हो, जो भली-भाँति राज्यभार सम्भाल सकता है।"

महाराज की बात सुनकर कुछ देर तक मन्त्री पाहुम कुछ सोचता रहा, फिर बोला—"महाराज, परम्परा तो यही है कि बड़े राजकुमार को ही राजा बनाया जाये। आप...।"

मन्त्री को बीच में ही टोककर रत्नसेन बोले—"पाहुम, मैं तुम्हारी बात मानता हूँ। परम्परा तो यही रही है, लेकिन क्या परम्पराओं को बदलते समय के अनुसार बदला नहीं जा सकता? परम्पराओं से बंधकर मैं अपने देश का सर्वनाश नहीं करना चाहता। मैं चाहता हूँ कि तीनों राजकुमारों में से जो योग्य हो वही राजगद्दी का उत्तराधिकारी हो। परम्परा के अनुसार यदि मैं बड़े राजकुमार को गद्दी सौंप दूँ और वह अयोग्य सिद्ध हो तो...?"

मन्त्री चुप रहा। राजा ही पुनः बोले—"पाहुम, मैं चाहता हूँ कि तीनों राजकुमारों की योग्यता की परीक्षा लूँ। तुम्हारा क्या विचार है?"

"मैं आपके विचारों से सहमत हूँ।"

"तो ठीक है, कल सुबह तीनों राजकुमारों और सेनापति को दरबार में उपस्थित करना। मैं अब आराम करना चाहता हूँ। पाहुम तुम जाओ।"

पाहुम उठ खड़ा हुआ। उसने महाराज को प्रणाम किया और चला गया। दूसरे दिन सुबह दरबार में तीनों राजकुमार और सेनापति को लेकर वह उपस्थित हुआ। महाराज ने तीनों राजकुमारों को अपने निकट बुलाया और तीनों को एक-एक तलवार देकर कहा—"मैं देखना चाहता हूँ कि तुम लोग तलवार का प्रयोग किस कार्य के लिए करते हो। एक वर्ष तक तुम लोग राज्य से बाहर रहोगे। ठीक एक वर्ष बाद मुझसे आकर मिलो।" फिर उन्होंने सेनापति की ओर देखते हुए कहा—"सेनापति, तीनों राजकुमारों को एक-एक घोड़ा, पचास घुड़सवार सैनिक और कुछ धन देकर राज्य की सीमा पर जाकर विदा कर दो।"

"जो आज्ञा, महाराज।" कहकर सेनापति तीनों राजकुमारों को लेकर दरबार से बाहर चला गया। महाराज के इस निर्णय से सभी दरबारी हतप्रभ थे। तीनों राजकुमार भी नहीं समझ पा रहे थे कि आखिर बात क्या है।

सेनापति ने तीनों राजकुमारों को एक-एक घोड़ा, पचास-पचास चुने हुए घुड़सवार सैनिक तथा कुछ मात्रा में धन देकर राज्य की सीमा तक उनके साथ गया। सीमा पर पहुँचकर तीनों राजकुमारों को विदा करते समय उसने सैनिकों से कहा—"तुम लोगों को अपने-अपने राजकुमार का कहना मानना है। उनकी आज्ञा ही एक वर्ष तक तुम्हारे लिए सर्वोपरि होगी।" इसके बाद उसने सभी को विदा किया और वापस लौट गया।

कुछ दूर तक तीनों राजकुमार एक साथ चलते रहे। उनको एक तिराहा मिला। वहाँ रास्ता तीन दिशाओं की ओर जाता था। तिराहे पर पहुँचकर सभी रुक गये। बड़े राजकुमार नील दत्त ने अपने दोनों भाइयों से पूछा—"तुम लोगों ने क्या सोचा? एक वर्ष कहाँ और कैसे रहोगे?"

"एक वर्ष कोई अधिक समय नहीं होता। मैं और मेरे सैनिक जंगल में शिकार खेलते हुए ही एक वर्ष बिता देगें। न जाने कब से मेरा मन उत्सुक था कि जाऊँ जंगल में शेरों का शिकार खेलूं। पिता जी ने तो मेरे मन की

मुराद ही पूरी कर दी है। पिता जी ने जो धन दिया है, उससे मैं सैनिकों सहित एक वर्ष किसी-न-किसी तरह काट ही लूँगा।" मझले राजकुमार सोमदत्त ने तपाक से उत्तर दिया।

"और तुम भानुदत्त?" नीलदत्त ने पूछा। छोटे राजकुमार की ओर देखकर नीलदत्त ने पूछा।

"मैं भी किसी तरह एक वर्ष काट ही लूँगा। लेकिन आप क्या करेंगे बड़े भइया?" भानुदत्त बोला।

"मैं...मैं तो शिकार-विकार में समय नष्ट न करूँगा। मैं तो दूसरे राज्यों को लूटूंगा और मौज करूँगा।" नीलदत्त ने कहा और ठठाकर हँस पड़ा।

तीनों राजकुमार अलग-अलग मार्गों में मुड़ गये। नीलदत्त पूर्व दिशा की ओर अपने सैनिकों सहित चल पड़ा। सोमदत्त पश्चिम की ओर चल पड़ा, क्योंकि पश्चिम दिशा में बहुत बड़ा जंगल था, जहाँ वह शिकार खेलना चाहता था। अब शेष बचा छोटा राजकुमार भानुदत्त।

भानुदत्त ने पहले ही अपने मन में यह सोच रखा था कि वह रत्ननगर के एक मात्र शत्रु राज्य उत्तमगढ़ पर चढ़ाई करेगा। लेकिन यह कार्य इतना आसान नहीं था क्योंकि भानुदत्त के पास थे केवल पचास सैनिक और इतने सैनिकों के बल पर वह उत्तमगढ़ के राजा को परास्त नहीं कर सकता था; जबकि उसे परास्त करके उसके राज्य को अपने राज्य में मिलाना वह चाहता था। ऐसा वह इसलिए चाहता था, क्योंकि उत्तमगढ़ का राजा बहुत उत्पाती था। आये दिन उसके सैनिक रत्ननगर के गाँवों में घुसकर लूटपाट किया करते थे। महाराजा रत्नसेन वृद्धावस्था के कारण उत्तमगढ़ पर चढ़ाई नहीं कर पा रहे थे, क्योंकि उत्तमगढ़ था भी रत्ननगर से काफी दूर।

भानुदत्त के दिमाग में एक योजना आयी। उसने पिता जी द्वारा दिए गये धन से सेना इकट्ठी करना चाहा। लेकिन सेना में भर्ती कौन होगा, यह एक समस्या थी। इस समस्या को हल करने का भार अपने ऊपर लिया उसके सैनिकों ने। भानुदत्त सैनिकों के साथ उत्तमगढ़ की ओर चल पड़ा। मार्ग में उसे अनेक आदिवासी बस्तियाँ मिलीं। उसके सैनिक इन आदिवासियों के पास जाते और उन्हें उत्तमगढ़ के राजा के विरुद्ध युद्ध के लिए तैयार करते।

ये आदिवासी भी उस राजा से तंग थे। आये दिन वह इन लोगों को भी सताया करता था। अतः थोड़े से प्रयत्न से ही ये भानुदत्त की सेना में भर्ती हो गये और थोड़े दिनों में ही उसके पास अच्छी खासी सेना हो गयी।

भानुदत्त ने स्वयं इन आदिवासी सैनिकों को प्रशिक्षण दिया। जब वे सभी अस्त्र-शस्त्र चलाने में प्रवीण हो गये तब वह अपनी इस सेना के साथ तेजी से उत्तमगढ़ की ओर बढ़ा।

कुछ ही दिनों में वह उत्तमगढ़ के निकट पहुँच गया। जब उत्तमगढ़ के राजा को मालूम हुआ कि रत्नसेन का छोटा बेटा भानुदत्त उस पर चढ़ाई करके नगर के बिल्कुल निकट आ पहुँचा है तब उसने भी तुरन्त अपनी सेना को तैयार किया और चल पड़ा उससे लड़ने। भयंकर युद्ध हुआ। दोनों ओर के अनेक सैनिक मारे गये। कई दिनों तक युद्ध होता रहा। अन्त में उत्तमगढ़ का राजा घायल होकर गिर पड़ा। उसकी शेष सेना मैदान छोड़कर भाग खड़ी हुई। भानुदत्त की विजय हुई। उसने उत्तम गढ़ के घायल राजा को कैद करवा लिया और उत्तमगढ़ पर अधिकार कर लिया। अब वह वहाँ का राजा बन गया। राजा बनते ही उसने प्रजा के सभी कर एक वर्ष के लिए माफ

कर दिए, जिससे सारी प्रजा उसे हृदय से चाहने लगी।

इधर बड़े राजकुमार नीलदत्त अपने सैनिकों सहित पड़ोसी राज्य में लूटपाट करते हुए पकड़े गये और उन्हें उस राजा ने दस माह के लिए कारागार में डाल दिया। वहाँ उनसे खूब काम लिया जाता और खाने-पीने को बहुत थोड़ा-सा दिया जाता था, जिसका परिणाम यह हुआ कि नीलदत्त का स्वास्थ्य खराब हो गया। जब वह कारागार से मुक्त किए गये तब बहुत दुबले हो गये थे। कारागार से बाहर आकर नीलदत्त रत्ननगर की ओर चल पड़े, क्योंकि एक वर्ष का समय भी समाप्त हो रहा था।

दूसरी ओर जंगल में शिकार खेलना बन्द कर सोमदत्त भी अपने राज्य की ओर चल पड़ा। और भानुदत्त ने भी उत्तमगढ़ की शासन व्यवस्था अपने एक होशियार सैनिक को सौंपकर पिता जी से मिलने के लिए चल पड़ा। साथ में उसने उत्तमगढ़ के राजा को भी ले लिया, जिससे पिता जी को विश्वास हो जाय कि सच ही भानुदत्त ने उसे परास्त कर वहाँ अपना अधिकार जमा लिया है।

निश्चित दिन तीनों भाई उसी तिराहे पर मिले और चल पड़े महाराजा से मिलने। किसी ने भी अपने विषय में कुछ नहीं बताया। जब वे महाराजा के समक्ष पहुँचे तब महाराजा की प्रसन्नता का ठिकाना न रहा।

बड़े राजकुमार नीलदत्त को देखकर महाराज ने पूछा—"बेटा, नीलदत्त तुम बहुत दुर्बल हो गये हो। एक वर्ष तक कहाँ रहे?" शर्म से अपना सिर नीचे झुकाए नीलदत्त ने अपनी दास्तान सुना दी। सुनकर महाराज ने कहा—"ठीक है, तुम अब जाओ। महल में आराम करो जाकर।" फिर उन्होंने सोमदत्त से पूछा —"तुमने क्या किया बेटे?"

"महाराज, मैं जंगल में शिकार खेलता रहा। आपके दिए धन को मैंने बहुत ढंग से खर्च किया और उसी से एक वर्ष काट दिए। और आपकी तलवार से मैंने अनेकों शेरों का शिकार किया महाराज।"

"ओह! और तुम क्या करते रहे भानु?"

"महाराज मैंने आपके दिए धन से सेना इकट्ठा की और आपकी दी तलवार का उपयोग उत्तमगढ़ के राजा को परास्त करने में किया। मैंने उसे हटाकर वहाँ अपना अधिकार जमाया। उत्तमगढ़ को जीतने के बाद मैं वहाँ

राज्य करता रहा महाराज। प्रमाण के लिए मैं वहाँ के पूर्व राजा को कैद करके लाया हूँ।"

"प्रमाण की कोई आवश्यकता नहीं बेटे। मुझे विश्वास हो गया। मेरी परीक्षा में तुम्हीं सफल हुए। अब तुम उत्तमगढ़ के ही नहीं रत्ननगर के भी राजा हुए। आज मैं तुम्हें यह भार सौंपकर मुक्त हो जाना चाहता हूँ।"

"लेकिन महाराज बड़े भइया...?" भानुदत्त बोला।

"भानु, वे दोनों रत्ननगर का राज्य सम्भाल सकने के योग्य नहीं हैं। तुम्हीं मेरे उत्तराधिकारी होने के योग्य हो।"

उसी दिन भानुदत्त का राजतिलक कर दिया गया। रत्ननगर का राजा बनकर उसने उत्तमगढ़ को अपने राज्य में मिला लिया और भलीभाँति शासन करने लगा। भानुदत्त को राज्यभार सौंपकर महाराजा रत्नसेन ने वानप्रस्थ आश्रम में प्रवेश किया।

गायक

वह चित्तौड़ के एक गरीब राजपूत परिवार में पैदा हुआ था। जब वह बारह वर्ष का हुआ तब उसकी रुचि गीत सीखने और गाने की ओर जागृत हुई। एक दिन वह वीररस का एक गीत गुनगुना रहा था कि उसके पिता ने टोका—"बेटा प्रताप, राजपूत होकर भी तुमने यह क्या शौक पाल लिया? अरे यह गाना-बजाना राजपूतों के लिए शोभा नहीं देता। हम लोगों की शोभा तो है... ।"

"तलवार, यही न बापू।" गाना रोककर पिता की बात बीच में काटते हुए प्रताप बोला।" लेकिन बापू देश की सेवा तलवार से ही नहीं अन्य माध्यमों से भी की जा सकती है। यदि कभी अवसर आया तो मैं आपको विश्वास दिलाता हूँ, मैं देश सेवा में किसी से भी पीछे नहीं रहूँगा और तब

देखियेगा आप मेरे गीतों का कमाल।"

प्रताप की बात ने पिता को निरुत्तर कर दिया। उस दिन के बाद उन्होंने प्रताप से कुछ भी नहीं कहा। प्रताप और अधिक उत्साह से अच्छे-से-अच्छे गीतों को सीखकर मधुर स्वर में उनके गाने का रियाज करने लगा। थोड़े ही दिनों में उसकी ख्याति चारों ओर फैल गयी। लोग इस किशोर के गीतों के दीवाने बन गये। जिन दिनों प्रताप अपने स्वर एवं गायन की साधना में लीन था, उन्हीं दिनों चित्तौड़ पर एक आफत आ गयी।

अकबर ने चित्तौड़ के महाराजा महाराणा प्रताप को अपने अधीन करने के लिए चित्तौड़ पर आक्रमण करने के लिए विशाल सेना भेजी। महारणा प्रताप ने वीरतापूर्वक मुगल सेना का सामना किया, लेकिन मुगल सेना की अपेक्षा उनके पास बहुत थोड़े से सैनिक थे। राणा प्रताप इस बात से चिन्तित थे।

किशोर प्रताप को जब इस बात का पता चला कि सेना की कमी के कारण महाराणा कुछ चिन्तित हैं, तब वह अपने पिता से आज्ञा लेकर निकल पड़ा चित्तौड़ के गाँवों की ओर। उसने गाँव-गाँव जाकर गाँव वालों के मध्य वीर रस के ऐसे गीत गाए कि गाँवों में जितने भी लोग शत्रु से युद्ध कर सकने के योग्य थे, राणा प्रताप की सेना में भर्ती होने के लिए चित्तौड़ आ गये।

अब राणा प्रताप के पास भी सेना की कमी नहीं रही। इधर बालक प्रताप अब चित्तौड़ के सैनिकों के बीच युद्ध के समय वीर रस के गीत गा गाकर उनका उत्साह बढ़ाने लगा था। मुगल सेना बार-बार दुर्ग पर आक्रमण करती, लेकिन हर बार उसे मुँहकी खानी पड़ती। आखिर हार मानकर मुगल सेनापति ने कुछ दिनों के लिए युद्ध रोक दिया।

युद्ध बन्द समझकर एक दिन बालक प्रताप दुर्ग के पहरेदारों से अनुमति लेकर दुर्ग से बाहर आ गया। दुर्ग के अन्दर एक ही प्रकार के वातावरण में रहते-रहते उसका मन उकता गया था। दुर्ग से बहुत दूर एक छोटे से बाग में पहुँचकर एक पेड़ के तने से सटकर वह बैठ गया। उस समय सूर्यास्त हो रहा था। पश्चिम दिशा की ओर आसमान में लालिमा फैल रही थी। यह दृश्य देखकर प्रताप का मन विभोर हो उठा। वह अपलक पश्चिम

की ओर देखने लगा। अनायास ही उसके होठ थिरकने लगे और वह प्रकृति की सुन्दरता का गीत गाने लगा।

वह इतने मधुर स्वर में गीत गा रहा था, कि उधर से गुजरता हुआ एक मुगल सैनिक रुक गया और उसका गीत सुनने लगा। गीत खत्म होने पर भी प्रताप वहीं बैठा रहा। अचानक अपने निकट किसी की पदचाप सुनकर वह चौंक उठा।

आने वाला वही मुगल सैनिक था। प्रताप के पास आकर वह बोला–"बहुत अच्छा गा लेते हो बच्चे। चलो मेरे साथ, तुम्हें अब मेरे सेनापति को भी गाना सुनाना होगा।"

"आप कौन हैं?" प्रताप ने पूछा।

"मैं मुगल सेना का एक सैनिक हूँ।"

"चलिए।" कहकर प्रताप सैनिक के साथ चल पड़ा। उसे शत्रु सेनापति से मिलने में तनिक भी भय नहीं प्रतीत हो रहा था। उसे गाना आता था। जो भी उसका गाना सुनने की इच्छा व्यक्त करता, वह कभी मना नहीं करता था।

थोड़ी देर में वह मुगल सेनापति के सामने था। सेनापति से सैनिक ने प्रताप की खूबी के विषय में बता दिया। सेनापति ने भी उससे गाना सुनाने के लिए कहा। और उसकी इच्छा पर प्रताप ने मधुर स्वर में एक ऐसा गीत गाया कि सेनापति भी झूम उठा। थोड़ी देर तक तो वह झूमता रहा, फिर बोला –"बच्चे तुम्हारा नाम क्या है?"

"प्रताप सिंह।" वह विनम्रतापूर्वक बोला।

"चित्तौड़ के रहने वाले हो?"

"जी हाँ।"

"कितनी सेना है दुर्ग के अन्दर?" सेनापति ने पूछा।

"मुझे नहीं मालूम।"

"ओह समझा।" सेनापति कुछ सोचने लगा। फिर बोला–"अच्छा बच्चे, तुमको आज रात दुर्ग के बाहर खड़े होकर एक ऐसा गीत गाना होगा, जिससे दुर्ग के अन्दर के सैनिक समझें कि कोई राजपूत राजा चित्तौड़ की सहायता के लिए सेना सहित आया है.........समझे।"

"जी हुजूर।"

"हाँ.........।" और सेनापति ने प्रताप को एक सैनिक शिविर में भेज दिया। खाने-पीने के लिए जब अच्छा स्वादिष्ट भोजन लेकर सैनिक उसके पास आए तब प्रताप ने यह कहकर खाने से इन्कार कर दिया कि उसकी इच्छा नहीं है। प्रताप सेनापति द्वारा बुलाए जाने का इन्तजार करने लगा।

आखिर आधी रात के समय उसे सेनापति के पास ले जाया गया। वहाँ पहुँचकर प्रताप ने देखा कि मुगलों की सारी सेना युद्ध के लिए सज्जित खड़ी है। वह अब सेनापति की चाल समझ गया। सेनापति ने उसे अपने साथ लिया और चल पड़ा दुर्ग की ओर। सारी मुगल सेना उसके पीछे चली।

दुर्ग के द्वार के पास पहुँचकर मुगल सेनापति ने प्रताप को अपने कहे अनुसार गीत गाने को कहा। बालक प्रताप ने ऊँचे स्वर में एक ऐसा गीत गाना शुरू किया, जिसका परिणाम मुगल सेनापति की इच्छा के विरुद्ध हुआ। दुर्ग के अन्दर से सैनिकों ने मुगल सेना पर वाणों की जो वर्षा की उससे रात के अन्धेरे में अनेक मुगल सैनिक मारे गये। मुगल सेना भाग खड़ी हुई।

मुगल सेनापति की समझ में कुछ भी नहीं आया। उसने चीखते हुए

प्रताप से पूछा–"तुम कैसा गीत गा रहे हो कि दुर्ग का द्वार खोलने के बजाय अन्दर से सैनिकों ने वाण वर्षा शुरू कर दी।"

प्रताप ने राजस्थानी भाषा में गीत गाया था, जिसे मुगल सेनापति समझ नहीं पाया था। सेनापति की बात सुनकर प्रताप बोला–"मैंने गीत गाकर दुर्ग के सैनिकों को सचेत कर दिया है कि शत्रु दुर्ग के बाहर खड़ा है। सावधान होकर शत्रु पर वाणों की वर्षा करो।"

"काफिर! तूने.....तेरी यह हिम्मत।" कहते हुए मुगल सेनापति ने प्रताप की गर्दन पर तलवार से प्रहार कर दिया। वीर गायक प्रताप का सिर कटकर दुर्ग के द्वार पर जा गिरा। मुगल सेनापति अपनी योजना की असफलता पर अफसोस करता हुआ वापस लौट गया।

सुबह जब चित्तौड़ के सैनिकों ने दुर्ग का द्वार खोला, तब उन्हें प्रताप का शव पड़ा मिला। सैनिक उसे उठाकर महाराणा प्रताप के पास ले गये और उन्हें रात की घटना कह सुनाई। प्रताप के बलिदान की कहानी सुनकर राणा प्रताप की आँखें छलछला आयीं। स्वयं राणा प्रताप ने उस वीर गायक की अन्त्येष्टि की।

राजकुमारी का सुझाव

बहुत पुरानी बात है। नरवरगढ़ में उन दिनों अर्जुन देव नामक राजा राज्य करता था। वह अनुशासन प्रिय, प्रजापालक होने के साथ ही कठोर हृदय भी था। उसे संगीत से जरा भी लगाव नहीं था। यही कारण था कि उसके राज्य में रहने वाले लगभग सभी संगीतकार राज्य छोड़कर दूसरे राज्यों में जाकर रहने लगे थे। लेकिन एक ऐसा भी संगीतकार था, जिसे अपने देश की मिट्टी से गहरा लगाव था। उसका नाम था गौरव। वह अपनी जन्मभूमि को छोड़ना नहीं चाहता था। अतः वह वहीं बना रहा। लेकिन उसके दिन बहुत गरीबी में बीतने लगे, क्योंकि न तो उसके पास राज्य की ओर से कोई नौकरी थी और न ही राजा के भय के कारण कोई उसकी सहायता करता था।

गौरव बहुत अच्छी वीणा बजा लेता था। एक दिन की बात है। रात का समय था। गौरव अपनी झोंपड़ी से वीणा लेकर एक बाग में पहुँचा। वह एक जगह बैठ गया और वीणा बजाने लगा। बहुत दिनों से वह ऐसी जगह की तलाश में था, जहाँ वह वीणा बजाने का आनन्द उठा सकता। अब उसे ऐसी जगह मिल गयी थी। उस दिन के बाद वह प्रतिदिन रात में वहाँ आने लगा।

यह बाग नगर के बिलकुल बाहर था। गौरव को ज्ञात नहीं था कि जिस बाग में बैठकर वह वीणा बजाता है, वह स्वयं राजा का है। कुछ वर्ष पहले राजा अर्जुन देव तीर्थाटन के लिए गये थे। अपनी इस यात्रा में वह कई राज्यों से होकर गुजरे थे। कई राज्यों में उन्होंने बहुत सुन्दर-सुन्दर बाग देखे थे। अतः जब वह यात्रा पूरी करके नरवरगढ़ लौटे तब उन्होंने भी एक सुन्दर बाग लगवाने का निर्णय किया। उन्होंने विभिन्न राज्यों के अपने सेवक भेजे और वहाँ से तमाम प्रकार के पेड़-पौधे मँगवाए।

बाग लग जाने के बाद कभी-कभी वह उसमें घूमने के लिए अपनी पुत्री राजकुमारी चम्पावती के साथ आया करते थे। वह चम्पावती के साथ घूमते रहते और एक-एक पेड़-पौधे को देखते। देखकर कुछ उदास हो जाते, क्योंकि अच्छी प्रकार देखभाल किए जाने के बावजूद भी पेड़-पौधे हरे-भरे नजर नहीं आते थे। राजा पूरे बाग का चक्कर लगाकर वापस लौट आया करते थे और तीन-चार महीने तक फिर बाग में नहीं जाया करते थे।

उन्होंने बाग की देखभाल के लिए कई माली रखे हुए थे। ये माली दिन भर बाग के पेड़-पौधों की देखभाल किया करते थे, लेकिन रात में वहाँ नहीं रहते थे। इसीलिए किसी को यह नहीं पता चल पाया कि रात में जाकर गौरव वहाँ वीणा बजाया करता है।

एक दिन शाम के समय राजा अर्जुन देव का मन बहुत खिन्न था। वह परेशान से कमरे में इधर से उधर चक्कर लगा रहे थे। उसी समय राजकुमारी चम्पावती कमरे में आयी। पिता को चिन्तित देखकर राजकुमारी ने पूछा—"पिता जी, आप कुछ परेशान नजर आ रहे हैं।"

"हाँ बेटी। राजकार्य है ही परेशानी भरा।"

"क्या कोई खास बात....।"

"नहीं कोई खास बात नहीं है।...अच्छा चम्पा क्यों न हम लोग आज बाग की ओर चलें।"

"पिता जी आपने ठीक कहा। मैं भी आपके पास इसीलिए आयी थी। लेकिन...।"

"लेकिन क्या....?"

"आपको परेशान और चिन्तित देखकर मेरा साहस नहीं हो रहा था कहने का। आज चाँदनी रात है। मैं देखना चाहती थी कि रात में बाग की शोभा कैसी होती है!"

"बिलकुल ठीक।" कहकर राजा ने सेवक को आदेश दिया कि वह तुरन्त रथ तैयार करवाये। थोड़ी देर बाद ही रथ आ गया और राजा राजकुमारी चम्पावती के साथ बाग में सैर करने के लिये चल पड़े।

बाग में पहुँचकर उनकी प्रसन्नता का ठिकाना न रहा। उन्होंने वसन्त ऋतु की चाँदनी रात में देखा कि आमों के पेड़ बौरों से लदे हुए हैं। रात की

रानी खूब खिली हुई है। जिसकी सुगन्ध बाग में चारों ओर फैली हुई है। और भी सभी पेड़-पौधे हरे भरे उन्हें दिखाई पड़े।

"यह कैसा चमत्कार है चम्पा। पिछली बार हम लोगों ने जिन पेड़-पौधों को मुर्झाया-सा देखा था, आज वह कैसे लदे फंदे और हरे-भरे नजर आ रहे हैं। मालूम होता है मालियों ने खूब परिश्रम किया है इनकी देखभाल करने में।

"मालूम तो यही होता है पिता जी।" उनके बगल में चलते हुए चम्पावती बोली।

कुछ दूर चलने पर राजा को वीणा का स्वर सुनाई पड़ा। वह रुक गये और चम्पावती की ओर देखकर बोले—"चम्पा, जरा सुनो तो, क्या यह वीणा का स्वर है!" चम्पावती ने भी सुना। बोली—"हाँ पिता जी, बड़ा मधुर स्वर है। चलें देखें, कौन बजा रहा है!"

"हुँ....।" कहकर राजा आगे बढ़े। थोड़ी ही देर में वह उस स्थान पर पहुँच गये, जहाँ गौरव वीणा बजाने में मस्त था। कुछ देर तक तो वह उसे देखते रहे, फिर बोले—"संगीतकार तुम कौन हो? तुमने इस बाग में आने का साहस कैसे किया?"

गौरव ने राजा की बात नहीं सुनी। वह पहले की ही तरह वीणा वादन में मस्त रहा। इससे राजा का क्रोध भड़क उठा। वह गौरव के पास पहुँचे और चीखकर बोले—"वीणा बजाना बन्द करो। मैं पूछता हूँ तुम कौन हो? इस बाग में आने का साहस तुमने कैसे किया?"

राजा को सामने खड़ा देखकर गौरव ने वीणा बजाना बन्द कर दिया और चुपचाप खड़ा हो गया। उसे चुप देखकर राजा का क्रोध फिर भड़क उठा। उन्होंने चीखकर पुनः पूछा—"बोलते क्यों नहीं, तुम कौन हो?"

"महाराज, मैं गौरव हूँ। मुझे ज्ञात नहीं था कि यह बाग आपका.....।"

गौरव की बात बीच में ही काटकर राजा ने कहा—"तुम्हें मालूम नहीं कि मुझे संगीत पसन्द नहीं है। सभी संगीतकार राज्य छोड़कर जा चुके हैं, फिर तुम.....?" राजा ने अपने साथ आए सैनिकों को आदेश दिया कि वे गौरव को कैद कर लें और कारागार में बन्द कर दें।

सैनिकों ने आगे बढ़कर गौरव को कैद कर लिया। राजा भी चम्पावती के साथ महल में वापस लौट आए। सैनिकों ने गौरव को ले जाकर कारागार में बन्द कर दिया।

राजा जहाँ संगीत को नापसन्द करते थे, चम्पावती उतना ही संगीत प्रेमी थी। गौरव को कैद करवाना उसे बहुत खला। लेकिन वह अपने पिता की कठोरता जानती थी, इसलिए कुछ नहीं बोली।

इस घटना को हुए लगभग चार माह बीत गये। एक दिन राजा फिर चम्पावती को लेकर बाग में घूमने के लिए गए। इस बार उन्हें पहले से भी अधिक आश्चर्य हुआ। बाग के लगभग सभी पेड़ सूख-से गये थे। किसी भी फूल के पौधे पर फूल नहीं था। वे मुरझाये रोते हुए से चम्पावती को नजर आए। चम्पावती सहित राजा बहुत आश्चर्यचकित थे। लेकिन चम्पावती को कारण समझते देर नहीं लगी। जब राजा ने पूछा—"चम्पा, चार महीने में ही बाग के पेड़-पौधों को क्या हो गया?"

"पिता जी, आप बुरा तो न मानेगें?"

"नहीं...नहीं....कहो।"

"नहीं, पहले आप मेरे द्वारा कही जाने वाली बात के लिए क्षमा करने का वचन दें तो कहूँ।"

"पगली...चल क्षमा किया।"

"पिता जी, पेड़-पौधों को संगीत बहुत प्रिय होता है। पिछली बार आने पर संगीतकार गौरव को हम लोगों ने वीणा बजाते पाया था। वह यहाँ जरूर काफी दिनों से आता रहा होगा। तभी पिछली बार हर पेड़-पौधा हरा-भरा था। गौरव को कैद करवाने से पेड़ों को संगीत सुनने को मिला नहीं और वे पहले से भी अधिक मुर्झा गये। मेरा सुझाव तो यह है कि यदि आप गौरव को छोड़ दें और उसे प्रतिदिन यहाँ आकर वीणा बजाने के लिए कहें तो मुझे विश्वास है कि पेड़ फिर हरे-भरे हो जायेंगे।"

"लेकिन यदि न हुए तो...।" कुछ सोचते हुए राजा ने पूछा।

"तब आप उसके साथ मुझे भी कारागार में डाल दीजियेगा।"

राजा ने कोई उत्तर नहीं दिया। थोड़ी देर बाद वह चम्पावती को लेकर वापस लौट गये। दूसरे दिन ही गौरव को कैद से मुक्त कर दिया गया। उससे कहा गया कि वह प्रतिदिन बाग में जाकर में वीणा बजाया करे। गौरव बहुत खुश हुआ। वह प्रतिदिन बाग में जाकर वीणा बजाने लगा। और एक महीना भी नहीं पूरा हुआ था कि राजा को सूचना मिली कि बाग का एक-एक पेड़-पौधा पुनः हरा-भरा हो गया है। फूल खिल उठे हैं। राजा उसी

दिन चम्पावती को साथ लेकर बाग देखने के लिए गए। बाग को हरा-भरा पाकर उनकी प्रसन्नता का ठिकाना न रहा।

राजा ने गौरव को दरबार में नियुक्त कर लिया और संगीत के विषय में अपनी धारणा भी बदल ली। अब वह भी प्रतिदिन गौरव से वीणा वादन सुनने लगे। राजा के स्वभाव परिवर्तन का समाचार जब दूसरे संगीतकारों को मिला तब वे लोग भी नरवरगढ़ वापस लौट आए।

प्रतिज्ञा

अजीम केवल नौ वर्ष का ही था, जब उसकी माँ की मृत्यु हो गयी थी और माँ के मरने के एक वर्ष बाद ही अचानक उसके अब्बा की भी मृत्यु हो गयी। अब वह एकदम अनाथ हो चुका था। पिता की मृत्यु के बाद वह कई दिनों तक इधर-उधर भटकता रहा और छोटा-मोटा काम तलाशता रहा।

आखिर कई दिनों तक भटकने के बाद उसे एक दूकान में काम मिला। काम था वहाँ आने वाले ग्राहकों के लिए गर्म-गर्म दूध या रबड़ी देने का। यह दूकान कानपुर के ऐसे मोहल्ले में थी, जो अंग्रेज सैनिकों की

छावनी के बिल्कुल पास था। प्रायः अंग्रेज सैनिक यहाँ आया करते थे। अपने यहाँ नौकरी देते समय दूकान के मालिक ने अजीम से कहा था —"तुम यहाँ चौबीसों घण्टे के नौकर हो। जब भी कोई गोरा कुछ माँगेगा,

तुमको तुरन्त बनाकर देना होगा। तुम्हें यहीं रहना भी होगा। घर जाना नहीं माँगता। बोलो मन्जूर।"

अजीम काफी देर तक सोच में पड़ा रहा क्योंकि वह अपना घर नहीं छोड़ना चाहता था। वह सोचकर आया था कि दिन भर नौकरी करेगा और रात में मौलवी साहब से पढ़ा करेगा क्योंकि उसकी बहुत इच्छा थी कि वह भी कुछ पढ़ना-लिखना सीख ले। लेकिन मालिक की बात सुनकर उसकी इच्छा मिट्‌टी में मिलती नजर आयी। काफी देर तक सोचने के बाद उसने मालिक की बात मान ली, क्योंकि कई दिनों तक इधर-उधर भटकने के बाद उसे वह नौकरी मिली थी। इससे पहले वह जिसके पास भी गया, उसी ने उसकी हँसी उड़ाते हुए कहा—"अभी तो बहुत छोटे हो बच्चा। जाओ खाओ-खेलो। बड़े होना तब नौकरी करना।" अब वह उन्हें कैसे समझाता कि खाये-खेले तो वह तब जब खाने-खेलने के साधन हों। वह सब जगह से निराश होकर उस दूकान में आया था।

दूकान में अजीम ने नौकरी तो शुरू कर दी थी, लेकिन उसके लिए वह बहुत मुश्किल पड़ रही थी। मालिक उसे सुबह बहुत जल्दी जगा दिया करता और सारे दिन उससे जमकर काम लिया करता। जब दूकान में कोई ग्राहक न आता तब वह अजीम से अपने घर का काम लेता। इस तरह बहुत रात तक काम करने के बाद ही वह सो पाता। दूकान में काम करते हुए ही एक दिन अजीम को मालूम हुआ कि उसके अपने घर में कुछ लोगों ने कब्जा कर लिया है। वह कुछ कर सकने में असमर्थ था इसलिए मन मारकर रह गया।

उस दूकान में काम करते हुए अजीम को काफी दिन व्यतीत हो गये। एक दिन की बात है। एक अंग्रेज सैनिक वहाँ आया और उससे तुरन्त एक गिलास गर्म दूध लाने के लिए कहा। अजीम दूध गर्म करने में व्यस्त हो गया। सुबह का समय था और दूकान में आने वाला वह पहला ग्राहक था। कुछ देर पहले ही दूध दुहकर आया था और गर्माया नहीं गया था। अजीम ने तुरन्त भट्‌टी सुलगायी और उस अंग्रेज सैनिक के पीने भर के लिए दूध गर्माने लगा। इस सबमें कुछ देर हो गयी जब कि सैनिक को थी जल्दी। वह तुरन्त दूध चाहता था। लेकिन जब उसने देखा कि अजीम अभी दूध गर्मा

ही रहा है तब वह क्रोध से नथुने फुलाता हुआ अजीम के पास पहुँचा और अंग्रेजी भाषा में गाली देते हुए उसने अजीम के कोमल गालों पर दो तमाचे जड़ दिए। अजीम गाल थामकर बैठ गया। उसे बेहोशी सी आ गयी। उस अंग्रेज सैनिक का क्रोध इतने से ही शान्त नहीं हुआ। उसने बूट की ठोकर मारकर भट्टी को भी गिरा दिया और अपनी भाषा में उल्टा-सीधा बकता हुआ दूकान से बाहर निकल गया।

अंग्रेज सैनिक के जाने के बाद अजीम को होश आया। आँखों में बह आए आँसुओं को उसने पोंछ डाला और खड़े होकर दोनों मुट्ठियाँ भींचकर प्रतिज्ञा की कि बड़ा होकर वह अवश्य इन विदेशियों को यहाँ से मार भगायेगा। उसे इन अंग्रेजों से ही घृणा हो गयी। लेकिन जब वह प्रतिज्ञा कर रहा था तभी उसे याद आया कि मारते समय वह अंग्रेज सैनिक अपनी भाषा में न जाने क्या बकता जा रहा था, जिसे वह समझ नहीं पाया था। अब उसने सोचा कि इन विदेशियों को तब भगाना और अधिक सरल हो जायेगा, यदि उनकी भाषा सीख ली जाए। लेकिन उनकी भाषा सीखे तो कैसे! वह यह बात सोच ही रहा था कि उसका मालिक आ गया। जब उसने अजीम से भट्टी फूटने का कारण जाना तब उसके प्रति हमदर्दी दिखाना तो दूर,

उसने अजीम के ही उल्टा दो तमाचे और जड़ दिए। अजीम तिलमिला कर रह गया। अब वह उस दूकान से भी काम छोड़ने के विषय में सोचने लगा।

और एक दिन उसकी दोनों ही इच्छाएँ पूरी हो गयीं। एक दिन एक अंग्रेज अफसर टहलता हुआ दूकान में आया। दूध पीकर जब वह चलने लगा तब उसने अजीम से पूछा–"टुम बहोत अच्छा दूध दिया। मेरे यहाँ काम करेगा?"

अफसर का प्रस्ताव सुनकर अजीम सिटपिटा गया। अफसर ने समझ लिया कि अजीम मालिक के डर से कुछ नहीं बोल रहा। वह बोला–"डरने का बात नईं। अम टुमारे मालिक को बोल डेगा।"

अब अजीम ने भी सोचा कि यदि वह अफसर के यहाँ काम कर लेता है तो दुकान से तो छुटकारा मिल ही जायेगा, साथ ही अंग्रेजी भाषा भी सीख सकेगा। उसने अंग्रेज अफसर से पूछा–"आप अपनी भाषा मुझे सिखा देगें।"

"भाषा...यानि लैंग्वेज। हाँ...हाँ...क्यों नईं। अम टुमारे लिए एक ट्यूटर रख डेगा। वो टुमको सब सिखा डेगा।"

अजीम खुश हो गया। अंग्रेज अफसर उसे उसी समय अपने घर ले गया। उस दिन के बाद लगभग दस वर्षों तक अजीम ने उसके यहाँ काम किया। अफसर थोड़ा सीधा-सादा था। उसने घर में बच्चों को पढ़ाने के लिए आने वाले मास्टर से बोल दिया कि वह अजीम को भी अंग्रेजी और फ्रान्सीसी भाषा पढ़ा दिया करे। इन दस वर्षों में अजीम ने अंग्रेजी और फ्रान्सीसी भाषाओं का अच्छा अध्ययन किया और उस अफसर की सिफारिश पर कानपुर के एकमात्र स्कूल में अध्यापक नियुक्त हो गया। लेकिन स्कूल में उसने अधिक दिनों तक नौकरी नहीं की। जब बिठूर के शासक नाना साहब को उसकी योग्यता का पता चला तब उन्होंने अजीम को अपने दरबार में बुला लिया।

वह नाना साहब का सलाहकार बनकर बिठूर आ गया। नाना साहब उसका बहुत अधिक सम्मान करते थे। अजीम नाना साहब का दाहिना हाथ बन गया।

अब उसे बचपन में की गई प्रतिज्ञा को पूरा करने का अच्छा अवसर

मिल गया। उसने अंग्रेजों को देश से मार भगाने की एक योजना बनाई, जिसका नाना साहब, तात्या टोपे आदि ने स्वागत किया। अजीम की बनायी उस योजना का ही परिणाम थी 1857 की क्रान्ति, जिसमें नाना साहब, तात्या टोपे, झाँसी की रानी लक्ष्मी बाई आदि के साथ अजीम ने अंग्रेजों से बराबर युद्ध किया। यही अजीम इतिहास में अजीमुल्ला खाँ के नाम से अमर हुआ।

जादूवाली राजकुमारी

बहुत पुरानी बात है। श्रीलंका में एक राजा राज्य करता था। उसके सात पुत्र थे। जब सातों राजकुमार विवाह योग्य हुए, राजा ने एक चित्रकार से उनके चित्र बनवाए। उन चित्रों को अपने दरबारियों को देकर राजा ने दूसरे देशों में भेजा और कहा, "राजुकमारों के लिए ऐसी सात सुंदर बहनों को पसंद करना जो एक ही राजा की पुत्रियां हों।"

दरबारी राजकुमारों के चित्र लेकर अनेक देशों में घूमे लेकिन उन्हें ऐसा कोई राजा नहीं मिला जिसके सात सुंदर पुत्रियाँ होतीं। जब वे निराश लौट रहे थे, वे एक झील के किनारे बसे सुंदर नगर में पहुँचे। इस नगर का राजा वृद्ध था और उसका महल नगर के मध्य में था। उसके सात पुत्रियां थीं। उन दरबारियों ने अपने आने का उद्देश्य बताया तो राजा प्रसन्न हो गया। उसने अपनी सातों पुत्रियों के चित्र बनवाकर दरबारियों को दे दिए। दरबारी अपने राज्य वापस लौट गए।

राजकुमारियों के चित्र देखकर राजा और राजकुमार बहुत प्रसन्न हुए। विवाह की तिथि निश्चित हो गयी। सजे-धजे हाथियों में छः राजकुमारों ने प्रस्थान किया। सबसे छोटे राजकुमार ने, जिसका नाम तिसा था, अपनी तलवार देकर कहा, "हाथी पर रखकर मेरी तलवार ले जाओ। यदि राजकुमारी मेरी तलवार से शादी करती तो उसे ले आना, नहीं तो वहीं छोड़ आना।"

जब वृद्ध राजा को पता चला कि छोटे राजकुमार तिसा ने स्वयं न आकर तलवार भेजी है तो वह क्रुद्ध हो उठा। वह बोला, "मेरी छोटी बेटी राजमलार मुझे सबसे प्रिय है और सुंदर है। मैं उसके लिए दूसरा वर ढूंढ़ लूँगा। वह तिसा की तलवार से शादी नहीं करेगी।" लेकिन राजकुमारी ने तिसा की तलवार से शादी करने की इच्छा व्यक्त की और वृद्ध राजा को वैसा ही करना पड़ा। शादी के बाद सभी राजकुमार अपनी पत्नियों के साथ

अपने राज्य के लिए चल पड़े। राजमलार भी बहनों के साथ थीं।

तिसा अपने भाइयों के लौटने की प्रतीक्षा कर रहा था। एक रात उसने स्वप्न देखा। स्वप्न में एक आदमी कह रहा था कि जिस रास्ते उसके भाई आ रहे हैं, एक स्थान पर उस रास्ते के किनारे जलाशय है। जलाशय के पास एक कोबरा सांप रहता है। राजकुमार जलाशय का पानी पीना चाहेंगे तो कोबरा एक आदमी की बलि की मांग करेगा।

अगली सुबह तिसा उस जलाशय की तलाश में निकल पड़ा। शाम होते-होते वह जलाशय के पास पहुँच गया। उसने देखा सच ही एक विशालकाय कोबरा वहाँ लेटा हुआ था। तिसा एक झाड़ी की आड़ में छुप गया। दूसरे दिन राजकुमार पत्नियों सहित वहाँ पहुँचे। गर्मी अधिक होने के कारण वे प्यासे थे। उनके हाथी-घोड़े भी प्यासे थे। सबने छककर जलाशय का पानी पिया और पेड़ों के नीचे विश्राम करने लगे। तिसा ने देखा, थोड़ी देर बाद कोबरा बड़े राजकुमार के पास पहुँचा और बोला, "आप सबने मेरे जलाशय का पानी पिया है। मुझे उसका मूल्य चाहिए। आप एक व्यक्ति को मेरे पास छोड़ दें, अन्यथा मैं सभी को मार दूँगा।"

सभी भयभीत हो उठे और आपस में बहस करने लगे कि किसे कोबरा के पास रुकना चाहिए। जब कोई भी रुकने को तैयार न हुआ तो राजमलार बोली, "मैं रुकूंगी यहां। आप सब जायें और छोटे भाई तिसा से कह दें कि मैंने उनकी तलवार से शादी करने से इंकार कर दिया था, इसलिए नहीं आई।"

तिसा सबकी बातें सुन रहा था। वह अपने को रोक नहीं सका। सामने आकर बोला, "आप सब राजमहल जायें। मैं रुकूंगा, कोबरा के पास।" तिसा राजमलार की प्राणों की रक्षा करना चाहता था।

सभी के जाने के बाद कोबरा तिसा से बोला, "मेरे सिर पर घाव है। यदि तुम उसे ठीक कर दोगे तो मैं तुम्हें बिना नुकसान पहुँचाए जाने दूँगा।"

तिसा ने उसके घाव का बहुत उपचार किया, लेकिन वह ठीक नहीं हुआ। एक दिन कोबरा बोला, "इस जंगल के बीच में एक नगर है।, नगर के बीच में राजमहल है। राजा की एक बेटी है जो शीशे के घर में रहती है। उसके पास जादुई शक्ति है। एक दवा उसके पास है यदि वह दवा दे दे तो

मेरा घाव ठीक हो जायेगा।"

तिसा उसी समय उस जगह की खोज में चल पड़ा। भटकते हुए वह एक नदी किनारे पहुँचा। उसने देखा नदी में सैकड़ों चूहे डूब रहे हैं। उसे दया आयी। वह नदी में कूद गया और उसने चूहों को बाहर निकाल दिया। चूहों ने उसे धन्यवाद देकर कहा, "जब कभी हमारी जरूरत पड़े तो हमें याद कर कहना, 'नन्हें-नन्हें चूहों आओ। संकट में हूँ... मुझे बचाओ।' और हम आ जायेंगे।"

तिसा ने चूहों को धन्यवाद कहा और चल पड़ा। उसी शाम उस जंगल के नगर में पहुँचा, लेकिन रात हो गयी थी। वह नगर के बाहर एक बुढ़िया की कुटी में ठहरा। उसने बुढ़िया से राजकुमारी के विषय में पूछा।

"बेटा, उस राजकुमारी से न तो कोई मिल सकता है और न ही कोई बात कर सकता है। राजा की आज्ञा है कि जो राजकुमार दो असंभव कार्य कर देगा उसी से राजकुमारी की शादी होगी। पहला काम यह कि उसे खौलते जल से स्नान करना होगा, और यदि वह बच गया तो उसे लोहे के मोटे पेड़ को काटना होगा।"

"लेकिन मैं तो शादीशुदा हूँ। उससे शादी नहीं, केवल बात करना चाहता हूँ।"

"उससे क्या अंतर पड़ता है। राजकुमारी एक ऐसे शीशे के कमरे में रहती है जो चारों ओर से बंद है। राजकुमारी के पास जादुई शक्ति है, जिससे वही उसके अंदर आ-जा सकती है।"

तिसा चिंता में डूब गया। वह बूढ़ी आगे बोली, "मैंने सुना है, यदि कोई व्यक्ति तीन दिन तक उसके भोजन में भागीदार हो जायेगा तो राजकुमारी उसकी बात से इंकार नहीं कर सकेगी। जो वह कहेगा, वही करेगी।"

बूढ़िया तो सो गयी, लेकिन तिसा को नींद नहीं आयी। वह सोचता रहा। बहुत रात बीतने पर उसे चूहों की याद आयी। उसने चूहों का आह्वान किया। क्षण भर बाद ही उसे तेजी से चलते पैरों की आहट मिली। लगभग सौ चूहे कमरे में आ गये, "राजकुमार तिसा, हम यहाँ हैं। हम तुम्हारी क्या मदद कर सकते हैं?" एक स्वर में वे बोले।"

तिसा ने उन्हें अपनी समस्या बतायी। चूहे मुस्कराये, फिर बोले, "शाम तक हम राजकुमारी के शीशे वाले कमरे तक पहुँचने का रास्ता बना देंगे।"

वे सब दिन भर सुरंग खोदते रहे और शाम तक उसे तैयार कर दिया। आधी रात के समय तिसा अंधेरी सुरंग में प्रविष्ट हुआ और रेंगता हुआ राजकुमारी के पलंग के पास पहुँच गया। राजकुमारी उस समय सो रही थी। पलंग के नीचे से बाहर आने पर तिसा को एक ओर मेज पर पानी का प्याला, साबुन, एक प्लेट में चावल और एक बर्तन में दूध रखा दिखा। तिसा ने हाथ धोये, फिर आधा प्लेट चावल खाया और आधा दूध पिया और सुरंग के रास्ते लौट पड़ा। लेकिन जाते समय पलंग के नीचे सुरंग के द्वार पर पत्थर का टुकड़ा रखकर उसे बंद करता गया।

सुबह जब राजकुमारी ने चावल और आधा दूध देखा तो मन ही मन बोली, "मेरी ही तरह चतुर कोई व्यक्ति यहाँ आया था। आज रात मैं उसे पकड़ लूँगी।" लेकिन दूसरी रात थकी होने के कारण वह आधी रात तक प्रतीक्षा करने के बाद सो गयी। तिसा आधी रात के बाद वहाँ आया और चावल और दूध खा-पीकर लौट गया। लेकिन तीसरी रात राजकुमारी ने जागते रहने का निर्णय किया। उसने चाकू से अपनी एक उंगली काट ली और उसमें नमक डाल लिया। जब तिसा कमरे में प्रविष्ट हुआ, वह सोई होने का नाटक किये लेटी रही। तिसा ने जब आधा प्लेट चावल खा लिया तब वह बोली, "तुम कौन हो और तुमने मेरे कमरे में घुसने का साहस कैसे किया?"

तिसा ने उसे अपनी कहानी सुना दी। राजकुमारी मुस्करायी, "बड़े चतुर हो। मैं तुम्हें इंकार नहीं कर सकती।" और एक छोटी डिबिया में दवा देकर वह बोली, "वह बड़ी भाग्यशाली होगी जिसे तुम जैसा सुंदर पति मिला।"

तिसा ने उसे धन्यवाद दिया और विदा ली। उसने बूढ़ी औरत को भी धन्यवाद दिया और उससे विदा लेकर जलाशय की ओर तेजी से चल पड़ा। जब वह जलाशय के पास पहुँचा, आसमान में चांद चमक रहा था और कोबरा जाग रहा था। तिसा ने कोबरा के सिर पर दवा लगायी तो घाव तुरंत

ठीक हो गया। कोबरा प्रसन्न हुआ। वह तिसा से बोला, “अब तुम घर जा सकते हो।”

तिसा जब राजमहल पहुँचा, वहाँ खुशी की लहर दौड़ गयी। उत्सव मनाया गया। तिसा ने राजकुमारी राजमलार से विधिवत् विवाह किया और दोनों लंबे समय तक सुखमय जीवन जीते रहे।

श्रीलंका की लोककथा

राजकुमार होफरॉ

मिस्त्र देश में एक राजा राज्य करता था। उसके कोई पुत्र नहीं था। राजा इस बात से चिंतित रहने लगा कि उसके बाद राज्यभार कौन संभालेगा। उसने अपने पूज्य सूर्यदेवता रॉ की पूजा की। प्रसन्न होकर एक दिन स्वप्न में आकर रॉ ने कहा, "तुम्हें एक पुत्र तो होगा, लेकिन उसकी दुखद मृत्यु हो जायेगी। वह मगरमच्छ, सांप या कुत्ते द्वारा मारा जायेगा।" रॉ की बात से राजा चिंता में डूब गया। रॉ ने कहा, "इस संसार में एक ही व्यक्ति है जो उसे बचा सकता है।" लेकिन जब राजा ने उस व्यक्ति के विषय में पूछा तो सूर्यदेव ने कहा, "उसके विषय में मुझे भी नहीं मालूम।" राजा पुनः सोच में पड़ गया तो रॉ ने कहा, "क्या अभी भी तुम्हें पुत्र चाहिए?"

"हाँ, मैं हर कीमत पर उसकी रक्षा करूँगा। उसे कभी मगरमच्छ, सांप न देखने दूँगा।"

रॉ आशीर्वाद देकर चले गए। एक वर्ष बाद रानी ने सुंदर पुत्र को जन्म दिया। राजा ने उसका नाम होफरॉ रखा। जब वह एक वर्ष का हुआ राजा ने उसके लिए दूर पहाड़ पर एक महल बनवा दिया। राजा ने राजकुमार की देखभाल के लिए दो नौकर, पढ़ाने के लिए अध्यापक और घुड़सवारी, खेल और युद्ध-कौशल सिखाने के लिए दूसरा अध्यापक रख दिया। दस वर्ष बीत गए। जब होफरॉ ग्यारह वर्ष का हुआ, वह शिकार के लिए जंगल में गया। वहाँ, उसने कुत्ता देखा। उसे भेड़िया समझकर वह उसका शिकार करने लगा। लेकिन उसके अध्यापक ने उसे बताया कि वह मनुष्य का मित्र कुत्ता है, होफरॉ मान गया।

दूसरे दिन राजा, राजकुमार से मिलने आया। राजकुमार ने उन्हें कुत्ते के विषय में बताया और कहा, "पिता जी, कुत्ता मनुष्य का मित्र होता है। मैं यहाँ अकेला रहता हूँ। यदि आप मेरे लिए एक कुत्ता ला दें तो मैं उसके

साथ खेला करूँगा।"

राजकुमार की बातें सुनकर राजा भयभीत हो गया, लेकिन वह बेटे को बहुत चाहता था, इसलिए इंकार नहीं कर सका। उसने एक कुत्ता भेज दिया, जिसके साथ खेलकर राजकुमार समय बिताने लगा। समय बीतता गया और राजकुमार जवान हो गया। उसकी इच्छा दुनिया देखने की हुई। एक दिन वह राजा से बोला, "महाराज मैं अब जवान हो गया हूँ। दुनिया देखना चाहता हूँ, आपने मुझे क्यों यहाँ कैद कर रखा है।"

राजा पुनः घबड़ाया। उसने रॉ की बात उसे बतायी और कहा, "मैं तुम्हें दुखद मृत्यु नहीं मरने देना चाहता मेरे पुत्र।"

"महाराज मैं अपनी रक्षा करने में सक्षम हूँ। मुझे अपनी शक्ति को सिद्ध करने के लिए बाहर जाना ही चाहिए।"

अंततः राजा को होफरॉ की बात मनानी पड़ी। होफरॉ कुत्ते को लेकर पहाड़ से नीचे उतरा। कुछ दिनों तक तो वह मिस्र में एक छोर से दूसरे छोर तक घूमता रहा। फिर उसने मिस्र छोड़ दिया और पड़ोसी देश नह्यरना चला गया। नह्यरना का राजा उसके पिता का शत्रु था, इसलिए उसने वहाँ यह नहीं बताया कि वह मिस्र के राजा का पुत्र है। नह्यरना के राजा के एक अति सुंदर पुत्री थी, जिसका नाम सेनसिस था। वह इतनी सुंदर थी कि उससे अनेक राजकुमार शादी करना चाहते थे। राजा ने एक ऊँची मीनार बनवायी, जिसके ऊपर राजकुमारी के लिए एक कमरा बनवा दिया। कमरे की खिड़कियां जमीन से सत्तर फीट ऊँची थीं और मीनार के किनारे सख्त और शीशे की भांति चिकने थे। राजा ने घोषणा की कि वह उसी से राजकुमारी की शादी करेगा, जो मीनार पर चढ़कर राजकुमारी की खिड़की तक पहुँच जायेगा।

कोई भी राजकुमार मीनार पर नहीं चढ़ सका। एक दिन होफरॉ मीनार के पास से गुजरा तो उसने राजकुमारी को खिड़की से नीचे झांकते देखा। होफरॉ राजकुमारी को देखता रह गया। राजकुमारी भी उसे देखती रही। उस दिन शाम होफरॉ वहाँ आया और मीठे स्वर में सेनसिस का नाम पुकारा। सेनसिस खिड़की पर आयी ओर होफरॉ को खिड़की की ओर देखता देख बोली, "क्या तुम मीनार पर चढ़ना चाहते हो?"

"हाँ, मैं चढ़ना चाहता हूँ, क्योंकि मैं तुमसे शादी करना चाहता हूँ।"

"कुछ क्षण प्रतीक्षा करो।" कहकर सेनसिस ने अपने काले बालों को खोलकर खिड़की से बाहर लटका दिया। वे लगभग जमीन तक लंबे थे। होफरॉ बालों के सहारे मीनार पर चढ़कर खिड़की तक पहुँच गया।

नह्यरना के राजा को जब ज्ञात हुआ कि मीनार पर चढ़ने वाला युवक मिस्र देश का रहने वाला है तो पहले तो वह क्रोधित हुआ, किंतु जब सेनसिस ने कहा कि यदि उसका विवाह होफरॉ से न किया गया तो वह प्राण दे देगी। राजा को मानना पड़ा। होफरॉ सेनसिस को लेकर अपने देश के लिए लौट पड़ा। मार्ग में उसने सेनसिस को मगरमच्छ, सांप और कुत्ते के खतरे बताए। सुनकर वह बोली, "फिर तुम इस कुत्ते को क्यों रखे हो। इसे मार दो।" "यह कुत्ता मेरा मित्र है। अब बूढ़ा हो गया है। मैं इसे न मारूँगा।"

सेनसिस चुप रही। वह मार्ग में मगरमच्छ और सांप पर दृष्टि रखे रही। एक दिन रात में होफरॉ सो रहा था। सेनसिस ने उसके लिए दूध गर्माया और गिलास होफरॉ के पलंग के पास रखकर वह उसके जागने का इंतजार करने लगी। तभी उसने कुत्ते के भौंकने की आवाज सुनी। थोड़ी देर बाद ही एक सांप को दूध की ओर बढ़ते देखा। उसने होफरॉ की तलवार उठा ली और सांप को मार डाला। फिर उसने चीखकर होफरॉ को जगाया, "निश्चय ही यह कुत्ता तुम्हारा मित्र है। इसके कारण ही मैं सांप को मार सकी हूँ।' वह बोली।

इस घटना के बाद वे आगे बढ़ते रहे। एक दिन वे एक बड़ी नदी के तट पर पहुँचे। नदी के किनारे एक शक्तिशाली व्यक्ति रहता था, जो एक बड़े मगरमच्छ का स्वामी था। होफरॉ को उसने पकड़ लिया और बोला, "मेरे मगर के लिए यह अच्छा भोजन है।"

यह देख सेनसिस गिड़गिड़ाई, "अब मेरे पति को छोड़ दें। आप जो चाहेंगे मैं आपको दूँगी।"

"यदि मैं तुम्हारे पति को जाने दूँ तो क्या तुम अपने को मेरे हवाले कर दोगी?" वह शक्तिशाली आदमी बोला।

"नहीं, तुम मुझे मगरमच्छ के सामने फेंक दो, लेकिन सेनसिस को

छोड़ दो।"

होफरॉ उससे बहस करता रहा, लेकिन सेनसिस ने उसे आखिरकार मना ही लिया। सेनसिस को उस शक्तिशाली आदमी के पास छोड़कर होफरॉ अपने देश लौट गया। उसका पिता उसे देख प्रसन्न हुआ। कुछ दिनों बाद उसका स्वामिभक्त कुत्ता मर गया तो बाजार से एक और कुत्ता खरीद लाया गया, लेकिन वह पहले वाले की भांति स्वामिभक्त न था। सात वर्ष बीत गए तो होफरॉ कुत्ते को लेकर नदी की ओर चल पड़ा। उस शक्तिशालो आदमी ने वायदे के मुताबिक सेनसिस को मुक्त कर दिया और जाते वक्त होफरॉ को एक नीला गिलास देकर बोला, "जब कभी तुम संकट में हो, इस गिलास को नदी के पानी से भरकर संतरे के पेड़ की लकड़ियां जलाकर गिलास को आग में रखना और मेरा नाम लेना। मैं तुम्हारी सहायता के लिए आ जाऊँगा।"

"आपका नाम क्या है? सात वर्षों तक आपके साथ रहकर मैं आपका नाम नहीं जान सकी।" सेनसिस बोली।

"संकट के समय मेरा नाम जान जाओगी।"

चार वर्षों तक होफरॉ प्रसन्नतापूर्वक पत्नी के साथ राजमहल में रहा। एक दिन होफरॉ शिकार के लिए गया। कुत्ता साथ था। वहाँ कुत्ते को सियारों ने जख्मी कर दिया। बारह दिनों बाद कुत्ता पागल हो गया। एक दिन सेनसिस होफरॉ के पलंग के पास बैठी थी। कुत्ता बौखलाया हुआ महल में घुसा। सेनसिस ने समझ लिया कि वह पागल हो गया है और होफरॉ को काटने आया है। उसने लपककर कुत्ते को गर्दन के पास पकड़ लिया और चीखी, "होफरॉ जल्दी से तलवार लेकर इसे मार दो।" लेकिन होफरॉ के मारने से पहले ही कुत्ते ने सेनसिस को काट लिया।

"सेनसिस।" कुत्ते को मारकर होफरॉ चीखा, "यह तुमने क्या किया? अब तुम मर जाओगी।"

"लेकिन मैंने तुम्हें बचा लिया... तुम्हारें तीनों शत्रु मर गये हैं।" सेनसिस मुस्करायी।

होफरॉ ने राज्य के डाक्टर को बुलाया। लेकिन उसने जवाब दे दिया। निराश होफरॉ चिंता में डूब गया। तभी उसे शक्तिशाली आदमी की याद

आयी। होफरॉ ने सेनसिस से उसका नाम पूछा। कठिनाई से, कराहती हुई, सेनसिस बोली, "सूर्यदेवता रॉ।" होफरॉ ने पुनः पूछा तो वह धीमे स्वर में बुदबुदाई, "रॉ!"

होफरॉ नीला गिलास लेकर नदी की ओर भागा और पानी

भरकर अपने बाग में वापस आया और संतरे की लकड़ी जलाकर उस पर गिलास रख बोला, "ओ सूर्यदेवता रॉ मेरी सहायता करो।" आग बुझ गयी और उसके स्थान पर नीले रंग का धुआँ उठने लगा। धुएँ से एक मानव आकृति प्रकट हुई। वह नदी किनारे रहने वाला शक्तिशाली आदमी था।

"तुम डरो नहीं होफरॉ। मैं हूँ सूर्यदेव रॉ। सेनसिस अब स्वस्थ है। मैंने तुम्हारी परीक्षा ली थी। उसमें तुम सफल रहे हो।"

होफरॉ ने सिर झुकाकर सूर्य को प्रणाम किया, लेकिन जब उसने सिर ऊपर उठाया, सूर्य वहाँ से अदृश्य हो चुके थे। और उसने सेनसिस को मुस्कुराते हुए बगीचे में आते देखा। प्रसन्नता से वह चीखा, "सेनसिस, मैंने सूर्यदेवता रॉ को देखा...अभी-अभी।"

मिस्र की लोककथा

बहादुर जॉल और दयालु ग्रिफान

परसिया के राजदरबार में शाहम नाम का एक दरबारी था। वह बहादुर योद्धा और दयालु हृदय व्यक्ति था। उसके कोई संतान नहीं थी। शाहम जब वृद्ध हो गया, उसकी पत्नी ने एक सुंदर पुत्र को जन्म दिया। उसके बाल किसी वृद्ध व्यक्ति की भांति थे। उस बच्चे को देखकर परसिया के विद्वानों ने माथा पीट लिया। वे बोले, "यह अपने पिता और दूसरे घर वालों के लिए अभागा सिद्ध होगा।"

शाहम भयभीत हुआ। बच्चे को वह दूर एलबुर्ज की ऊँची पहाड़ी पर ले गया और जंगली जानवरों द्वारा खा जाने के लिए छोड़ दिया।

एलबुर्ज पहाड़ की चोटी पर ग्रिफान नाम का एक प्राणी रहता था। उसका शरीर और पैर शेर जैसे थे और सिर और पंख चील जैसे। वह सुगंधित वृक्षों की टहनियों से बने घोंसले में रहता था। एक दिन ग्रिफान भोजन की तलाश में बहुत ऊँचे उड़ रहा था। तभी उसने एक सफेद बालों वाले बच्चे को देखा। बच्चा भूख-प्यास से चीख रहा था। ग्रिफान ने उसे आहिस्ता से पकड़ा और अपने बड़े घोंसले में ले गया। उसने बच्चे को भोजन और पानी दिया और उसे घोंसले के गर्म हिस्से में लिटा दिया। कुछ वर्षों में ही वह बच्चा बड़ा होकर लंबा, शक्तिशाली और सुंदर दिखने लगा। ग्रिफान ने उसे पर्सियन भाषा बोलना सिखा दिया और प्यारपूर्वक उसकी रक्षा करता रहा।

बारह वर्ष बीत गए एक रात शाहम को, जो अब तक बहुत वृद्ध हो चुका था, एक आश्चर्यजक स्वप्न दिखाई दिया। उसने देखा कि एक आदमी एक सफेद घोड़े पर सवार होकर उसके पास आया और बोला, "अरे निर्दयी! तू कैसा पिता है। तूने अपने पुत्र को मारने के लिए छोड़ दिया था। लेकिन वह मरा नहीं। तुझे उसे लाना चाहिए। विद्वानों की बात सच नहीं हैं। तू जा

और उसे ले आ।"

अगली सुबह शाहम पुत्र की खोज में निकल पड़ा और एलबुर्ज पर्वत पर जा पहुँचा। उसे ग्रिफान का घोंसला दिखाई दिया जिसके द्वार पर सफेद बालों वाला खूबसूरत लड़का बैठा था। शाहम खुशी से झूम उठा। उसने घोंसले तक पहुँचने का प्रयत्न किया लेकिन असफल रहा। बूढ़ा शाहम बुरी तरह चीखकर रोते हुए ईश्वर से प्रार्थना करने लगा। सरल हृदय ग्रिफान ने नीचे झांककर देखा तो उसे शाहम पर दया आ गयी। वह मुड़कर सफेद बालों वाले लड़के से बोला, "अब समय आ गया है कि तुम अपने लोगों के बीच लौट जाओ। तुम्हारा पिता शाहम तुम्हें लेने आया है।"

लड़के ने दुखी नजरों से ग्रिफान की ओर देखा और बोला, "आप भले ही मुझे अब प्यार न करें, लेकिन आपको छोड़ना नहीं चाहता। मुझे अपने से दूर मत करें।"

"दुखी मत हो।" ग्रिफान ने उसे समझाया, "दुनिया में तुम्हें सुख ही सुख मिलेगा और मैं तुम्हें कभी नहीं भूलूँगा।" उसने बच्चे को अपने तीन पंख उखाड़कर दिये, "ये तीन पंख लो। जब भी तुम संकट में हो। आग में एक पंख जलाना। मैं तुरंत तुम्हारे पास आ जाऊँगा।"

ग्रिफान बच्चे को लेकर शाहम के पास उतरा। शाहम ने ग्रिफान को धन्यवाद दिया और बेटे को बांहों में लपेट लिया। उसने उसका नाम जॉल रखा जिसका अर्थ होता है बूढ़ा या सफेद बालों वाला। जब जॉल बीस वर्ष का हुआ वह काबुल की यात्रा के लिए निकला। काबुल में उस समय मिहराब नामक विद्वान और भला बादशाह राज्य करता था। लेकिन उसका पिता पर्सिया के शाह का बहुत वर्षों तक शत्रु रहा था। इसलिए शाहम ने बेटे को सचेत किया कि वह मिहराब से कोई मतलब न रखे या उसके महल में न जाए, क्योंकि इससे पर्सिया का शाह बहुत नाराज होगा इसलिए जब जॉल काबुल पहुँचा वह महल के निकट नहीं गया।

एक दिन मिहराब के दो दरबारियों ने मिहराब की पुत्री सदाबह की जॉल से इतनी प्रशंसा की कि जॉल उसे बिना देखे ही उसकी ओर आकर्षित हो गया। वह उससे शादी करने की इच्छा करने लगा। उन्हीं दरबारियों ने मिहराब से जॉल की भी बहुत प्रशंसा की। राजकुमारी सदाबह ने दरबारियों

को जॉल की प्रशंसा करते सुना, तो वह भी जॉल के प्रति आकर्षित हुई। जॉल से मिलने के लिए उसने एक नौकर की सहायता मांगी। काबुल के बाहर एक खूबसूरत बाग में उस नौकर की मदद से सदाबह जॉल से मिली। दोनों बहुत प्रसन्न थे। यह सिलसिला जारी हो गया। किंतु एक दिन चांदनी रात में एक दरबारी ने उन्हें देख लिया। उसने मिहराब से बता दिया। मिहराब बहुत क्रुद्ध हुआ। उसने कहा कि वह अपनी बेटी को इस बात की अनुमति नहीं देगा कि वह पर्सिया के शाह के दरबारी के बेटे से शादी करे। उसने सदाबह को एक मीनार पर बने कमरे में बंद कर दिया, जहाँ से वह निकल नहीं सकती थी।

सदाबह और जॉल दुखी हुए। जॉल सदाबह से मिलने का उपाय सोचने लगा। उसे ग्रिफान के पंखों की याद आयी। उसने पंख जलाया और थोड़ी देर में देखा कि ग्रिफान उसके सामने खड़ा था।

"मैं तुम्हारी क्या मदद कर सकता हूँ?" ग्रिफान बोला तो जॉल ने अपनी इच्छा बतायी। ग्रिफान ने जॉल को पकड़ कर सदाबह की खिड़की के पास छोड़ दिया।

अगली सुबह जब मिहराब ने जॉल को सदाबह की मीनार पर देखा तो अंचभित हुआ और क्रुद्ध भी। लेकिन राजकुमारी ने पिता को कह दिया कि वह शादी करेगी तो जॉल से ही। मिहराब बेटी को चाहता था, उसे मानना पड़ा। लेकिन जब पर्सिया के शाह को यह सूचना मिली। वह बहुत क्रुद्ध हुआ। उसने विशाल सेना युद्ध करने के लिए काबुल भेजने का निर्णय किया, लेकिन उसके विद्वानों ने उसे समझाया कि उन्होंने सदाबह और जॉल के भविष्य का अध्ययन किया है। उन दोनों से जो पुत्र होगा वह दुनिया में पर्सिया का नाम बढ़ायेगा। शाह मान गया। उसने सेना रोक ली और आदेश दिया कि जॉल शीघ्र उसके दरबार में हाजिर हो। उसने जॉल से तीन प्रश्न किए। उसने जॉल को तीन दिन का समय दिया और कहा कि यदि उसके उत्तर ठीक हुए तभी वह सदाबह से शादी कर सकेगा।

जॉल को प्रश्नों के उत्तर कठिन लग रहे थे। तभी उसे ग्रिफान की याद आयी। उसने उसका दूसरा पंख जलाया। ग्रिफान तुरंत उपस्थित हुआ और उसने जॉल के तीनों प्रश्न धैर्यपूर्वक सुने। ग्रिफान बोला, "चिंता मत

करो। उत्तर मैं अभी नहीं दे सकता। निश्चित समय पर तुम शाह के दरबार में हाजिर हो जाना। वहीं उत्तर मिल जाएँगे।"

तीसरे दिन जॉल दरबार में पहुँचा और जैसे ही शाह ने प्रश्न दोहराए जॉल को लगा कि उसे तो सभी प्रश्नों के उत्तर आते हैं। उसे ग्रिफान की बात याद आयी। शाह जॉल के उत्तर से बहुत प्रसन्न हुआ। उसने शादी की अनुमति दे दी। शादी के बाद जॉल सदाबह को लेकर पर्सिया लौट आया। उसका पिता शाहम बहुत प्रसन्न था। हंसी-खुशी में एक वर्ष बीत गया। एक वर्ष बाद पता चला सदाबह संतान को जन्म देने वाली है। लेकिन जन्म देने से पहले ही सदाबह बीमार हो गयीं। डॉक्टरों ने सदाबह को बचाने की पूरी कोशिश की, लेकिन सफल नहीं हुए।

दुखी जॉल को पुनः ग्रिफान की याद आयी और उसने अंतिम पंख जलाया। तभी ग्रिफान ऐसी दवा लेकर उपस्थित हुआ जिससे सदाबह ठीक हो गयी। अगले दिन सुबह सदाबह ने एक बेटे को जन्म दिया। उस बच्चे का नाम उन्होंने रुस्तम रखा। जब रुस्तम युवक हुआ उसकी ख्याति दुनिया के महानतम वीरों में की जाने लगी।

पर्सिया की लोककथा

बकरी के बच्चे और भेड़िया

अलेक्सेई तोलस्तोय

अनुवाद : रूपसिंह चन्देल

एक जंगल में एक बकरी अपने बच्चों के साथ रहती थी। वह प्रतिदिन जंगल में नर्म-नर्म मखमली घास खाने और पानी पीने जाया करती थी। जब वह जंगल जाती, उसके बच्चे अंदर से झोपड़ी का दरवाजा बंद कर लेते थे और कभी बाहर नहीं जाते थे। जब बकरी लौटकर आती, वह दरवाजा खटखटाते हुए गाकर कहती, "मेरे प्यारे बच्चों दरवाजा खोलो, मैं तुम्हारी माँ तुम्हारे लिए दूध भरे आई हूँ। दरवाजा खोलो ऐसे कि आवाज न हो, मैं थकी हुई आई हूँ।"

बच्चे बिना आवाज किए दरवाजा खोल देते और माँ को अंदर ले लेते। बकरी बच्चों को कुछ खाने के लिए देती, उन्हें दूध पिलाती और थोड़ा आराम कर फिर जंगल चली जाती। बच्चे फिर उसी प्रकार दरवाजा बंद कर लेते।

लेकिन एक भेड़िया उस बकरी के गाने को सुनता रहता था। एक दिन जब बकरी जंगल चली गई, भेड़िया बकरी की झोंपड़ी के पास आया और ऊँची और भारी आवाज में गाते हुए बच्चों से दरवाजा खोलने के लिए कहने लगा।

लेकिन भेड़िया जो कुछ गा रहा था, वह बकरी के गाने से भिन्न था।

बकरी के बच्चों ने झोपड़ी के अंदर से उत्तर दिया, "हम आपकी आवाज सुन रहे हैं, लेकिन यह आवाज मेरी माँ की नहीं है। मेरी माँ साफ-साफ आवाज में गाती है और वह यह सब नहीं गाती।"

भेड़िया बहुत दुःखी हुआ। वह एक लोहार के पास गया और उससे कहा, "मेरे गले में एक जूता ढाल दो, जिससे मैं स्पष्ट रूप से गा सकूं।"

लोहार ने वैसा ही किया। उसके बाद भेड़िया वापस दौड़कर उस झोंपड़ी के पास पहुँचा और एक झाड़ी की ओट में छुप गया। थोड़ी देर बाद बकरी आई और उसने दरवाजा खुलवाने के लिए अपना गाना गाया।

बच्चों ने दरवाजा खोलकर तुरंत अपनी माँ को अंदर ले लिया और उससे सारी घटना कह सुनाई कि किस प्रकार एक भेड़िया उन्हें खाना चाहता था।

बकरी ने बच्चों को खाने-पीने की वस्तुएँ देकर कहा, "यदि कोई झोंपड़ी के बाहर आता है व भारी आवाज में कुछ भी कहता है तो दरवाजा बिलकुल न खोलना।"

लेकिन बकरी जैसे ही जंगल में गई, भेड़िया झोंपड़ी के बाहर आ पहुँचा। उसने दरवाजा खटखटाया और बहुत ही साफ और स्पष्ट आवाज में वही गाना गाने लगा, जो बकरी गाती थी। बच्चों ने भ्रमवश दरवाजा खोल दिया।

भेड़िया अंदर घुस गया और उसने बकरी के बच्चों को खा डाला। केवल एक बच्चा बच गया, क्योंकि वह उस समय चूल्हे में जा छुपा था।

जब बकरी वापस आई, उसने दरवाजा खुलवाने के लिए गाना गाया, लेकिन इस बार किसी ने कोई उत्तर नहीं दिया। तब उसने देखा कि दरवाजा तो खुला हुआ है। वह दौड़कर अंदर गई। उसने चारों ओर देखा। वहाँ कोई न था। अंत में उसने चूल्हे की ओर देखा, वहाँ उसे एक बच्चा छुपा हुआ दिखा। बच्चे ने माँ को दुर्भाग्यपूर्ण दास्तान कह सुनाई। बकरी घर के बाहर एक बैंच पर बैठ गई और चीख-चीख कर रोने लगी, "बच्चों तुमने मेरी बात क्यों नहीं मानी। दरवाजा क्यों खोल दिया। आखिर दुष्ट भेड़िये ने तुम्हें खा ही लिया।"

बकरी के रोने की आवाज भेड़िये ने सुनी। वह वहाँ आया और बकरी से बोला, "मूर्ख बकरी, तू मुझे दोष क्यों दे रही है! मैं वह नहीं हूँ, जिसने तेरे बच्चे खाए हैं।" फिर वह बकरी को समझाते हुए बोला, "रोना बंद कर और जंगल में टहलने के लिए चल।"

बकरी भेड़िये के साथ जंगल की ओर चली गई। रास्ते में एक गड्ढा मिला। गड्ढे में आग जल रही थी। बकरी भेड़िये से बोली, "आओ भेड़िये,

हममें से कौन गड्ढे के ऊपर से छलांग लगा सकता है।”

इस प्रकार उन्होंने कूदना शुरू कर दिया। बकरी छलांग लगाकर गड्ढे के एक ओर से दूसरी ओर कूद गई, लेकिन भेड़िया कूदते समय गड्ढे की आग में जा गिरा। अचानक आग की गर्मी से उसका पेट फट गया और बकरी के बच्चे, जो भेड़िये ने खाए थे, जीवित कूदकर बाहर निकल आए। बच्चों को जीवित देखकर बकरी की प्रसन्नता का ठिकाना न रहा। वह नए सिरे से प्रसन्नतापूर्वक बच्चों के साथ अपना जीवन बिताने लगी। अब उन्हें दुष्ट भेड़िये का भय न था।

जंगली बत्तख

बहुत समय पहले राम और नारायण नाम के दो राजकुमार थे। जब राम चौदह वर्ष और नारायण बारह वर्ष के थे, उनकी माँ मर गयी थी। कुछ दिनों बाद ही राजा ने दूसरी शादी कर ली। राजा, राम और नारायण को बहुत प्यार करता था। यह देख उनकी सौतेली माँ उनसे द्वेष करने लगी। दो वर्ष पश्चात् नयी रानी के पुत्र उत्पन्न हुआ। अब नयी रानी राम और नारायण से अधिक जलने लगी। वह दोनों के विरुद्ध ऐसी योजना बनाने लगी, जिससे राजा का प्यार दोनों के प्रति कम हो जाये। वह चाहती थी कि राजा केवल उसके पुत्र को ही प्यार करे। राजा को दोनों राजकुमारों के विरुद्ध करने के लिए, वह अवसर की तलाश में रहने लगी।

प्रत्येक रविवार को सुबह दोनों राजकुमार एक वृद्ध फूल बेचने वाली के घर जाते थे। यह वृद्धा उनकी माँ की नौकरानी थी और दोनों को बहुत प्यार करती थी। प्रत्येक रविवार को वे उस वृद्धा को कुछ चावल और पैसे देने जाते थे और वह वृद्धा उन्हें अच्छा स्वादिष्ट भोजन बनाकर खिलाती थी।

एक रविवार सुबह जब वे वृद्धा के घर जा रहे थे, उन्होंने राजा के बाग के तालाब में तैरती एक जंगली बत्तख देखी। दोनों ने मिलकर उसका शिकार किया और उसे लेकर वृद्धा को देने के लिए चल पड़े। लेकिन राजकुमारों की सौतेली माँ दोनों को बत्तख मारते देख रही थी। उसने दोनों राजकुमारों की बातों से यह भी जान लिया था कि वे फूल वाली वृद्धा के घर गये हैं। वह तुरंत राजा के पास पहुँची और बोली, "आपके दोनों बड़े बेटे राजमहल की चीजें चोरी करके फूल वाली वृद्धा को देते हैं। अगर आपको विश्वास न हो तो आप अपने एक मंत्री को उस फूल वाली वृद्धा के घर भेजें। मंत्री उस बुढ़िया को बत्तख पकड़े देख सकता है।"

राजा ने तुरंत एक मंत्री को फूलवाली वृद्धा की झोपड़ी में भेजा।

लौटकर उसने बताया कि रानी का कथन सत्य है। राजा बहुत क्रुद्ध हुआ और उसने राम और नारायण को गिरफ्तार करने के लिए प्रधानमंत्री को सैनिकों सहित वृद्धा के घर भेजा। लेकिन जब प्रधानमंत्री वहाँ पहुँचा दोनों राजकुमार वहाँ से जा चुके थे। यह सब वृद्धा की सतर्कता के कारण हुआ था। जब केवल मंत्री वृद्धा के घर आकर वृद्धा को बत्तख पकाते देख गया था तभी वह समझ गयी थी कि दाल में कुछ काला है। उसने दोनों राजकुमारों को सलाह दी थी कि वे देश छोड़कर अन्यत्र चले जायें।" रानी तुम्हारी शत्रु है।" वृद्धा बोली थी, "अगर राजा इस बार तुम्हें दण्ड नहीं देगा तो वह कोई अन्य उपाय ढूढ़ेगी। तुम दोनों के जीवन को खतरा है।"

दोनों वृद्धा का कहना मान गए।

वृद्धा ने दोनों के लिए दो झोलों में पका चावल भरा। एक झोले में चावल के नीचे उसने बत्तख के पंख रखे और दूसरे में बत्तख की टांगे।

"लेकिन वृद्धा माँ हम लोग जायें तो कहा?" राम ने पूछा।

"मेरे बच्चों...जहाँ चाहो जाओ। लेकिन यहाँ मत ठहरो। मेरा विश्वास है कि यहाँ तुम लोगों के लिए गंभीर खतरा है।"

राजकुमारों ने नगर छोड़ दिया और जब प्रधानमंत्री वृद्धा के घर पहुँचा, दोनों राजकुमार नगर से बहुत दूर निकल गये थे। दिनभर भटकने के बाद वे एक झरने के किनारे पहुँचे। शाम हो रही थी। चारों ओर हरियाली थी। वे आराम करने और चावल खाने के लिए घास पर बैठ गये। राजकुमारों को यह पता न था कि जो बत्तख उन दोनों ने मारी थी वह जादुई बत्तख थी। जो उस बत्तख के पंख खायेगा वह सात दिन के अंदर राजा बन जायेगा और जो टांगे खायेगा वह कई वर्षों के भटकने के बाद एक राज्य का प्रधानमंत्री बन जायेगा। राम ने जब चावल का झोला खोला तो उसके अंदर उसे पंख मिले। उसने चावल के साथ वे खा लिए। नारायण ने अपने झोले में चावल के साथ बत्तख की टांगे मिली। भूख के कारण उसने भी चावल के साथ टांगे खा लीं। झरने से पानी पीकर वे वहीं घास पर सो गये।

सुबह दोनों ने पुनः यात्रा प्रारंभ की। वे उत्तर दिशा को बढ़ते रहे। दोपहर के समय वे एक रेगिस्तानी क्षेत्र में जा पहुँचे। उन्हें जोर की भूख लगी तो दोनों ने रात के शेष बचे चावल खाये। थोड़ी देर बाद उन्हें प्यास लगी।

लेकिन वहाँ पानी तो था नहीं। दोपहर भर वे पानी खोजते रहे। अंत में नारायण बोला, "भइया मैं अधिक नहीं चल सकता। मैं यहीं बैठता हूँ। आप जाकर कहीं पानी ढूँढ़ो।"

राम अकेले ही पानी की खोज में चल पड़ा। वह उत्तर की ओर बढ़ता रहा। काफी चलने के बाद वह धूल भरे मार्ग पर पहुँचा जो एक राजमहल तक जाता था। वह सीधे महल के दरवाजे पर जाकर रुका और पानी मांगा। वह वहाँ खड़ा ही हुआ था कि लोगों की भीड़ को चीखते और घण्टा बजाते अपनी ओर आते देखा। सबसे आगे हाथी चल रहा था। हाथी सीधे राम के पास आया और उसके आगे झुक गया। लोग खुशी से चीख उठे, "भाइयों, यही हैं हमारे नये राजा। हाथी ने इन्हें राजा चुना है।" लोगों ने राम को ताज पहनाया और तिलक आदि करके उसे महल में ले गये।

राम ने लोगों की ओर मुड़कर कहा, "मेरा एक छोटा भाई भी है, जो प्यास से तड़प रहा है। आप लोगों का मुझ पर बड़ा उपकार होगा, यदि आप दक्षिण की ओर रेगिस्तानी क्षेत्र में जाकर उसे ढूँढ लायें।"

कुछ लोग नारायण को ढूँढ़ने दक्षिण की ओर गये। उन्होंने उसे रेगिस्तानी क्षेत्र में ढूढ़ा, लेकिन वह नहीं मिला। लौटकर जब उन्होंने राम को बताया तो वह दुख से भर गया। लेकिन वह कुछ कर भी नहीं सकता था। इसलिए नारायण की भलाई और कल्याण के लिए प्रार्थना करता हुआ बुद्धिमानी के साथ शासन करने लगा।

वास्तव में नारायण मरा नहीं था। वह देर तक राम की प्रतीक्षा करता रहा था, किंतु जब राम नहीं लौटा और उसे लगने लगा कि वह प्यास से मर जायेगा तो वह स्वयं झरने की तलाश में पूर्व दिशा की ओर चल पड़ा। चलते हुए वह एक मैदानी गाँव में जा पहुँचा। वहाँ उसने एक गरीब बुढ़िया से पानी, भोजन और रात बिताने की प्रार्थना की। बुढ़िया का पति दर्जी था और कुछ दिन पहले ही मरा था। बुढ़िया ने उसे पानी दिया, भोजन करवाया और रात रहने की अनुमति भी दी। अगले दिन सुबह नारायण जब उठा उसे तीव्र ज्वर था। वह एक महीने तक ज्वर से पीड़ित रहा। बुढ़िया ने नारायण की सेवा की और उसे अपने बेटे की भांति प्यार दिया।

जब नारायण ठीक हुआ, उसने बुढ़िया से पूछा, "आपकी सेवा और

दयालुता के लिए मैं क्या कर सकता हूँ?" बुढ़िया बोली, "यदि तुम चाहो तो मेरे साथ रहकर काम कर सकते हो। मेरा पति दर्जी था। मैं उसे कपड़े काटकर देती थी। मैं तुम्हें काम सिखा दूँगी। और जो कमाई होगी, उसे हम बांट लिया करेंगे।"

नारायण ने बुढ़िया के साथ रहकर काम करने में प्रसन्नता व्यक्त की।

जल्दी ही वह कुशल दर्जी बन गया। दो वर्ष बीत गए। तभी एक दिन एक राक्षस उस राज्य में रहने के लिए आया। वह राक्षस प्रतिदिन एक बैलगाड़ी भर रोटियां, दो भेड़ें और एक नौजवान आदमी खाने के लिए मांगने लगा। राज्य के लोग दुखी होकर राजा के पास गये कि वह उस राक्षस को मारने के लिए सेना भेजे। लेकिन दरबार के विद्वान यह जानते थे कि उसे सेना के बल पर नहीं, बल्कि बुद्धि और चाल से ही मारा जा सकता है। विद्वानों ने ग्रहों का अध्ययन कर कहा कि मैदानी क्षेत्र के गाँव में एक दर्जी है, वही उस राक्षस को मार सकता है।

"उस नौजवान को ढूँढ़ने के लिए सैनिक भेजो।" राजा ने कहा, "यदि उसने राक्षस को मार दिया तो मैं उसे अपना प्रधान मंत्री नियुक्त करूँगा और यदि वह असफल रहा तो स्वयं मारा जायेगा।"

एक दिन जब नारायण दरवाजे पर बैठा कपड़े सिल रहा था, राजा के सैनिक उसके पास पहुँचे। उन्होंने उसे राजा की आज्ञा सुना दी। सुनकर नारायण घबड़ाया। वह सोचने लगा, "जिस राक्षस को राजा के सैनिक नहीं मार सकते उसे वह अकेला कैसे मार सकेगा। यदि वह राक्षस को न मार सका तो या तो राक्षस उसे मार देगा या राजा मरवा देगा। जिन्दा रहेगा तभी तो प्रधानमंत्री बनेगा।" वह गहरी चिंता में डूब गया।

उसे चिंतित देख वृद्धा बोली, "चिंता मत करो मेरे बच्चे। एक उपाय है राक्षस को मारने का। जिस बाग में राक्षस रहता है उसमें एक पेड़ पर एक फल होगा। यदि वह फल तुम राक्षस को खिला दोगे तो वह मर जायेगा।"

"लेकिन मैं उस फल को कैसे पहचानूंगा?" नारायण बोला।

"तुम उसे पहचान लोगे, क्योंकि इस समय बाग में उसी जहरीले पेड़ पर एक फल होगा। शेष पेड़ वहाँ आम के हैं और यह मौसम आमों का नहीं हैं।" बूढ़ी दर्जिन बोली, "तुम जब बाग में प्रवष्टि होना, अपने को तब तक

छुपा कर रखना जब तक तुम्हें वह फल नहीं मिल जाता। फिर तुम उसे काटकर मीठी रोटियों में मिला देना।"

बूढ़ी दर्जन का आशीर्वाद ले नारायण अपने अभियान के लिए चल पड़ा। अगली सुबह, जब सैनिक राक्षस के पास सामान भेजने की तैयारी कर रहे थे, नारायण उस युवक के पास पहुँचा, जो राक्षस के लिए भोजन ले जाने वाला था। नारायण ने उसके स्थान पर स्वयं जाने की इच्छा व्यक्त की। युवक नारायण के प्रस्ताव से बहुत प्रसन्न हुआ।

जब सैनिकों के साथ नारायण राक्षस के बाग के पास पहुँचा उसे जहरीले फलों वाला पेड़ दिखाई दे गया। उसका सुनहरा फल सूर्य की रोशनी में चमक रहा था। उसने भेड़ों को, जिन्हें वह स्वयं हाँक रहा था, छड़ी से मारा, जिससे वे भागने लगीं और उसने ऐसा जाहिर किया कि भेड़ें स्वयं भागने लगी हैं। भेड़ों को दौड़ाता वह उसी पेड़ के नीचे जा पहुँचा। जब वह पेड़ के नीचे से निकलने लगा, उसने उछलकर सुनहरा फल तोड़ लिया। वह भेड़ों को हाँकता पुनः सैनिकों के पास लौट आया। और जैसे ही सैनिक मीठी रोटियां की गाड़ी राक्षस के निवास की ओर ले जाने लगे उसने फल को काटकर रोटियों में मिला दिया। कुछ क्षणों में यह सब हो गया और यह इतनी आसानी से हुआ, जैसा कि बूढ़ी दर्जन ने कहा था।

उसने देखा, जैसे ही राक्षस ने मीठी रोटियों की गाड़ी देखी, वह रोटियों पर टूट पड़ा। रोटियां खाना शुरू करने के क्षणभर बाद ही वह चीखा और जमीन पर गिरकर मर गया।

सैनिकों ने वापस लौटकर जब राजा को यह घटना सुनाई तो वहाँ खुशी की लहर दौड़ गयी। राजा ही नहीं सारी जनता खुश थी। राजा ने उस दर्जी अर्थात, नारायण को बुलवाया और जब दोनों ने एक-दूसरे को पहचाना तब वातावरण में खुशी की एक और लहर दौड़ गयी; क्योंकि राजा नारायण का बड़ा भाई राम था।

राजा अर्थात राम ने नारायण को प्रधानमंत्री बना दिया। दोनों भाई प्यार से राजमहल में रहने लगे। दोनों ने शक्तिशाली राजाओं की बेटियों से विवाह किया। राम एक कुशल शासक और नारायण बुद्धिमान मंत्री के रूप में देश में प्रसिद्ध हुए।

लोमड़ी और मैना

अलेक्सेई तोल्सतोय

अनुवाद : रूपसिंह चन्देल

एक दिन एक मैना ने एक पेड़ पर छोटा-सा घोसला बनाया, उसके अंदर अण्डे दिए और उन अण्डों से नन्हें-नन्हें बच्चे निकले। एक लोमड़ी यह सुनकर दौड़ती हुई आयी और पेड़ के सामने पूंछ से दस्तक देने लगी।

मैना ने घोसले से झांककर देखा। लोमड़ी उससे बोली, "मैं अपने नाखूनों से पेड़ को काटकर नीचे गिरा दूँगी और तुम्हें और तुम्हारे बच्चों को खा जाऊँगी।"

मैना भयभीत हो उठी और लोमड़ी से प्रार्थना और अनुनय करने लगी, "प्यारी, छोटी लोमड़ी, पेड़ को मत काटना और नन्हें बच्चों को मत मारना। मैं तुम्हें खाने के लिए मांस की पकौड़ी और शहद दूँगी।"

"बहुत अच्छा, यदि तुम मुझे खाने के लिए मांस की पकौड़ी और शहद दोगी तो मैं पेड़ को नहीं काटूंगी।"

"मेरे साथ सड़क पर आओ।" मैना बोली।

लोमड़ी मैना के साथ सड़क की ओर चल पड़ी। मैना उड़ रही थी और लोमड़ी उसके साथ दौड़ रही थी।

सड़क पर पहुँचते ही मैना ने मांस की पकौड़ियों से भरी टोकरी और शहद से भरा जार लेकर जाती हुई एक बुढ़िया और उसकी पोती को देखा। लोमड़ी छुप गयी और मैना सड़क पर फुदकने लगी। वह कुछ कदम चलती, जैसे वह उड़ न सकती हो, फिर कुछ दूर तक उड़ती और नीचे आ जाती. ..फिर उड़ती और फिर नीचे आ जाती।

यह देख पोती दादी से बाली, "आओ, दादी...हम इस नन्हीं चिड़िया को पकड़ें।"

"मैं इसे कैसे पकड़ सकती हूँ?" बूढ़ी दादी बोली।

"मैं इसे जरूर पकड़ सकती हूँ। लगता है इसके पंख टूटे हुए हैं।" पोती ने कहा, "कितनी सुंदर है!"

बुढ़िया और उसकी पोती ने टोकरी और शहद से भरा जार नीचे रख दिया और मैना के पीछे दौड़ने लगीं।

मैना उन्हें पकौड़ियों और शहद से दूर ले गयी। लोमड़ी इसी अवसर की प्रतीक्षा में थी। उसने भरपेट मांस की पकौड़ियां और शहद खाया और बाद में खाने के लिए कुछ पास भी रख लिया।

मैना तब ऊपर हवा में उड़कर अपने घोसले में जा पहुँची।

लेकिन लोमड़ी जल्दी ही फिर वहाँ जा पहुँची और पेड़ के सामने धप धप कर पूंछ से दस्तक देने लगी।

"मैं अपने नाखूनों से पेड़ को काट डालूँगी... मैना, और मैं तुम्हें और तुम्हारे नन्हें-नन्हें बच्चों को भी खा जाऊँगी।"

मैना ने घोसले से झांककर देखा और लोमड़ी से प्रार्थना करने लगी, "प्यारी नन्हीं लोमड़ी...पेड़ मत काटना...मेरे बच्चों को मत खाना। मैं तुम्हें पीने के लिए बियर दूँगी।"

"अच्छा, फिर तुम्हें जल्दी चलना चाहिए। मैंने बहुत अच्छा और स्वादिष्ट भोजन किया है और मैं अब बहुत प्यासी हूँ।"

मैना फिर उड़कर सड़क पर आ गयी और लोमड़ी उसके पीछे दौड़ी। मैना ने इधर-उधर देखा और उसे एक किसान बियर से भरा पीपा लेकर जाता दिखाई दिया। मैना कभी किसान के घोड़े पर तो कभी बियर के पीपे पर बैठने लगी। किसान को बहुत क्रोध आया और उसने मैना को मारना चाहा। मैना तब पीपे की डॉट पर जा बैठी। किसान ने कुल्हाड़ी से तेज प्रहार किया, किंतु मैना फुर्र से उड़ गयी और डॉट पीपे से कटकर अलग हो गयी। क्रोधित किसान मैना के पीछे दौड़ा।

इस बीच बियर पीपे से निकलकर सड़क पर बहने लगी। लोमड़ी ने छककर बियर पी और गाती हुई चली गयी। मैना भी उड़कर घोसले में जा बैठी। लेकिन अधिक समय नहीं बीता। लोमड़ी पुनः वापस आ गई और पेड़ के सामने पूंछ को जमीन पर पटक कर दस्तक देने लगी–

"मैना...मैना...क्या तुमने मुझे भोजन दिया?"

"हाँ, मैंने दिया।"

"क्या तुमने मुझे पीने के लिए बीयर दी?"

"हाँ, मैंने दी।"

"अब मुझे हंसाओ, अन्यथा मैं पेड़ को नाखूनों से काट दूँगी और तुम्हें और तुम्हारे बच्चों को खा जाऊँगी।"

मैना लोमड़ी को एक गाँव की ओर ले गयी और वहाँ उन्होंने देखा कि एक बुढ़िया गाय दुह रही है। उसके पास बूढ़ा आदमी सुन्दर जूते पहने खड़ा है।

मैना बुढ़िया के कंधे पर जा बैठी तो बुड्ढ़ा बोला, "बुढ़िया, हिलना नहीं...मैं मैना को मार डालूँगा।"

और उसने बुढ़िया के कंधे पर मारा, लेकिन मैना उड़ गई। बुढ़िया नीचे गिर गई और निकाला दूध फैल गया। बुढ़िया इतनी क्रोधित हुई कि वह उछलकर खड़ी हुई और बूढ़े को फटकारना शुरू कर दिया।

लोमड़ी उस मूर्ख बूढ़े पर देर तक हंसती रही।

मैना उड़कर अपने घोसले में चली गई। लेकिन, अभी वह अपने बच्चों को भलीभांति भोजन भी न करा पायी थी कि उसने पेड़ के सामने लोमड़ी की पूंछ की दस्तक सुनी

"मैना...मैना...क्या तुमने मुझे भोजन दिया?"

"हाँ, मैंने दिया।"

"क्या तुमने मुझे पीने के लिए बीयर दी?"

"हाँ, मैंने दी।"

"क्या तुमने मुझे हंसाया?"

"हाँ, मैंने हंसाया।"

"अब मुझे डराओ।"

मैना ने ईश्वर को याद किया, फिर बोली–

"लोमड़ी, तुम अपनी आँखें बंद करो और मेरे साथ आओ।"

मैना उड़ी। वह उड़ती रही और बोलती रही, और लोमड़ी आँखें बंद किये उसके साथ दौड़ती रही।

मैना लोमड़ी को सीधे शिकारी कुत्तों के पास ले गई।

"लोमड़ी अब तुम डरने वाली हो।"

लोमड़ी ने आँखें खोलीं तो कुत्तों को देखा। वह एक ओर को भाग खड़ी हुई। लेकिन शिकारी कुत्ते उसके पीछे दौड़ पड़े। फिर भी किसी प्रकार लोमड़ी सुरक्षित अपनी मांद तक पहुँचने में सफल हो गई। वह मांद के अंदर चली गई। वहाँ कुछ क्षण विश्राम किया और फिर अपने से ही पूछने लगी।

"नन्हीं आँखों....नन्हीं आँखों...तुमने क्या देखा?"

"प्यारी नन्हीं लोमड़ी, मैं शिकारी कुत्तों को देखती रही... वे तुम्हें खा न सकें।"

"नन्हें कान...नन्हें कान...तुमने क्या किया?"

"प्यारी नन्हीं लोमड़ी, हम सुनते रहे। जिससे वे शिकारी कुत्ते तुम्हें खा न सकें।"

"नन्हें पैर...नन्हें पैर...तुमने क्या किया?"

"हम ऐसे दौड़े जिससे शिकारी कुत्ते तुम्हें पकड़ न सकें...प्यारी नन्हीं लोमड़ी।"

"और लंबी पूंछ... तुमने क्या किया?"

"मैं...मैं झाड़ियों ...ठूंठ आदि को पकड़ती लपेटती रही, जिससे तुम्हें दूर भागने में अड़चन पड़े।"

लोमड़ी पूंछ पर बहुत क्रोधित हुई और उसे मांद से बाहर निकाल लिया।

"शिकारी कुत्तों मेरी पूंछ को खा जाओ।"

लेकिन लोमड़ी के लिए दुनिया में यह सबसे मूर्खतापूर्ण कार्य था, क्योंकि शिकारी कुत्तों ने उस बड़ी पूंछ को मजबूती से पकड़ लिया और लोमड़ी को मांद से बाहर खींचकर मार डाला।

तीन भालू

पी.एच. म्योर

अनुवाद : रूपसिंह चन्देल

एक जंगल में तीन भालू अपने छोटे-से घर में रहते थे। उनमें पिता भालू भारी-भरकम, बड़ा। माँ भालू मझोले कद और उनका एक नन्हा बेटा था। प्रत्येक की खाने की अपनी एक प्लेट थी। नन्हे भालू की प्लेट छोटी, माँ भालू की मझोले आकर की और बड़े भालू की प्लेट बड़ी थी। तीनों के बैठने के लिये उनके आकार के हिसाब से तीन विशेष कुर्सियां थीं। उनमें प्रत्येक के सोने के लिए विशेष पलंग थे—नन्हें भालू के लिए छोटा, माँ भालू के लिए मझोला और बड़े भालू के लिए बड़ा पलंग था।

एक दिन उन्होंने नाश्ते के लिए खीर बनाई और गर्म खीर खाने में उनकी जीभ न जले इसलिए उसे ठंडा करने के लिए प्लेटों में रखकर वे जंगल में थोड़ा टहलने के लिए चले गए। जब वे टहलने गए हुए थे, गोल्डीलॉक्स नाम की एक छोटी लड़की जंगल में दूसरी दिशा से धीरे-धीरे चलती हुई उधर आ निकली और उनके घर का दरवाजा खुला देख अंदर चली गई।

हालांकि उस लड़की को उस घर में कोई काम नहीं था, लेकिन जंगल में घर और उसका खुला दरवाजा देख वह अपनी उत्सुकता रोक नहीं पाई। मेज पर रखी प्लेटों में खीर देखकर गोल्डीलॉक्स की दबी भूख जाग्रत हो उठी। सबसे पहले उसने पिता भालू की प्लेट से खीर का जायका लिया, लेकिन वह उसके लिए बहुत गर्म थी। उसके बाद उसने माँ भालू के प्लेट की खीर चखी, लेकिन वह आश्चर्यजनक रूप से अत्याधिक ठंडी थी। फिर वह नन्हें भालू के प्लेट के पास गई और पाया कि उसकी खीर न गर्म थी न ठंडी, बल्कि खाने के लिए बिलकुल ठीक थी। जल्दी-जल्दी वह उसे खा गई।

जब गोल्डीलॉक्स को न ही कोई आवाज सुनाई दी और न ही कोई वहाँ आया तब उसने सोचा क्यों न कुछ देर के लिए बैठकर आराम कर लिया जाए। सबसे पहले वह बड़े भालू की कुर्सी पर बैठी, लेकिन वह उसके लिए बहुत सख्त थी। फिर वह माँ भालू की कुर्सी पर बैठी, लेकिन वह उसे बहुत नर्म प्रतीत हुई। आखिर उसने नन्हें भालू की कुर्सी चुनी, जो न बहुत सख्त थी न नर्म बल्कि बिलकुल ठीक थी। चूंकि गोल्डीलॉक्स एक चंचल स्वभाव की लड़की थी और शांत नहीं बैठ सकती थी, वह कुर्सी पर आगे-पीछे कभी झटके के साथ तो कभी धीमे से झूलने लगी।

कुर्सी पर बैठने से जब गोल्डीलॉक्स को संतोष नहीं हुआ, वह ऊपरी मंजिल में सोने के कमरे में गई। पहले उसने बड़े भालू के बिस्तर पर लेटना चाहा, लेकिन वह उसके सिर के बराबर ऊँचा था। फिर वह माँ भालू के पास पहुँची, लेकिन वह बहुत नीचा था इतना कि उसकी ऊँचाई पैरों जितनी थी। अंत में वह नन्हें भालू के बिस्तर के निकट पहुँची, वह न तो उसके सिर के बराबर ऊँचा था, न पैरों जितना नींचा; बल्कि उसके लिए उपयुक्त था। वह उसमें लेट गई और लेटते ही गहरी नींद में डूब गई।

उसके बाद तीनों भालू यह सोचकर घर वापस लौटे कि उनका नाश्ता अब तक पर्याप्त ठंडा हो चुका होगा। गोल्डीलॉक्स ने बड़े भालू की खीर में चम्मच गड़ा छोड़ दिया था।

"किसने मेरी खीर खाई है?" बड़ा भालू मोटी आवाज में गुर्राया।

माँ भालू ने अपनी खीर में भी चम्मच पड़ा पाया तो वह भी मध्यम आवाज में बोली, "किसने मेरी खीर खाई है?"

तब नन्हें भालू ने अपनी प्लेट देखी। उसमें चम्मच तो पड़ा था लेकिन खीर गायब थी।

"किसने मेरी खीर खाई" नन्हा भालू धीमे स्वर में चीखा, "और पूरी खीर ही खा गया।" उसकी आँखें रुआँसी हो गई।

एक क्षण के लिए तीनों ने चारों ओर देखा। बड़े भालू ने देखा उसकी कुर्सी की गद्‌दी अपने स्थान पर नहीं है।

"मेरी कुर्सी पर कौन बैठा था?" वह फिर भारी आवाज में गुर्राया।

और तभी माँ भालू ने देखा कि उसकी कुर्सी की मुलायम गद्‌दी भी

अपने स्थान से खिसकी हुई थी। वह मध्यम स्वर में बोली, "मेरी कुर्सी पर कौन बैठा था?"

आप सोच सकते हैं कि गोल्डीलॉक्स ने तीसरी कुर्सी का क्या किया होगा! इसलिए नन्हें भालू की पतली चिल्लाहट पर आश्चर्य नहीं होना चाहिए। वह धीमे स्वर में चीख रहा था, "मेरी कुर्सी पर भी कोई बैठा था।"

इस घटना के बाद बड़े भालू ने कहा कि उन्हें पूरे घर की छानबीन करनी चाहिए। वे ऊपरी मंजिल में सोने के कमरे में गए। गोल्डीलॉक्स ने बड़े भालू के बिस्तर से एक तकिया नीचे गिरा दिया था। अपनी मोटी आवाज में बड़ा भालू गुर्राया, "मेरे बिस्तर पर कौन लेटा था?"

माँ भालू के बेड से गोल्डीलॉक्स ने गोल तकिया हटा दिया था। वह मध्यम आवाज में बोली, ''मेरे बिस्तर पर कौन सोया?"

लेकिन जब नन्हा भालू अपने बेड के पास पहुँचा तब उसने देखा कि उसकी तकिया और गोल तकिया अपने स्थान पर हैं और उन पर सिर रखे सुनहरे बालों वाली गोल्डीलॉक्स गहरी नींद में सो रही है। वह इतना उत्तेजित हुआ कि भलीभांति चीख भी नहीं सका। अंत में उसने अपनी उत्तेजना पर काबू पाया और बोला, "यह कौन है जो मेरे बिस्तर पर गहरी नींद ले रहा है?"

गोल्डीलॉक्स ने गहरी नींद में बड़े भालू की ऊँची आवाज सुनी थी, लेकिन वह इतनी गहरी नींद में थी कि उसे वह हवा की गर्जना या बादल की गड़गड़ाहट-सी लगी थी। माँ भालू की आवाज उसे स्वप्न में सुनी गई आवाज-सी लगी थी। लेकिन नन्हें भालू की आवाज उसे तीखी और कर्कश सुनाई दी। वह तुरंत उठ बैठी। कल्पना कीजिए कि जब उसने तीनों भालुओं को पलंग के पास खड़े अपनी ओर घूरते देखा तो कितना भयभीत हुई होगी। वह उछलकर पलंग से नीचे कूदी और खिड़की की ओर दौड़ी।

खिड़की खुली थी; क्योंकि भालू जैसे स्वास्थ जीव जब भी कमरे में सोते हैं खिड़की खुली रखते हैं और जब बाहर जाते हैं तब भी कमरे में ताजी हवा पहुँचते रहने के लिए खिड़की खुली छोड़ जाते। गोल्डीलॉक्स ने सीधे खिड़की से छलांग लगा दी और जितनी तेजी से वह भाग सकती थी भागी, जिससे भालू उसे पकड़ न सकें।

तीनों भालू इस सबसे बहुत व्याकुल हुए। लेकिन बड़ा भालू बोला, “जाहिर है वह एक चंचल लड़की थी। हमें इस पर ध्यान नहीं देना चाहिए। चलकर नाश्ता करना चाहिए।”

और वे नाश्ते के लिए वापस लौट पड़े।

दो बच्चे

पी.एच. म्योर

रूपान्तर : रूपसिंह चन्देल

बहुत पहले इंग्लैण्ड के नारफॉक प्रांत में एक जमींदार और उसकी पत्नी अपने दो नन्हें बच्चों के साथ रहते थे। एक बार दोनों पति-पत्नी बीमार पड़े और उन्हें लगा कि वे जीवित नहीं बचेंगे। जमींदार ने अपने वकील को बुलाया और वसीयत तैयार करवाई। उसने सम्पत्ति के लिए एक ट्रस्ट बना दिया और वसीयत में लिखा कि ट्रस्ट से बेटे को बड़े होने तक प्रति वर्ष तीन सौ रुपये और लड़की को शादी के दिन दो सौ स्वर्ण मुद्राएँ मिलेंगी।

इसके बाद उसने अपने भाई को बुलाया और वसीयत की शर्तें बताते हुए दोनों बच्चों का पालन-पोषण करने के लिए उसे सौंप दिया। साथ ही यह भी जोड़ दिया कि यदि उनमें से किसी भी बच्चे की मृत्यु हो जाये तो उसके हिस्से का धन उसके भाई को मिलेगा। कुछ दिन बाद जमींदार और उसकी पत्नी की मृत्यु हो गई।

चाचा ने हालांकि अपने भाई से बच्चों के पालन-पोषण का वायदा किया था, लेकिन उसने उनकी बिलकुल परवाह नहीं की। वह बहुत लालची था और सोचता कि यदि वे मर जायें तो वह पैसा उसका हो जायेगा। यह विचार रात-दिन उसे परेशान किए रहता। एक दिन जब वह घुड़सवारी के लिए गया, दो लुटेरों ने उसे घेर लिया। उन्होंने उससे धन मांगा और धन न देने पर जान से मारने की धमकी दी। वह दुष्ट चाचा जितना लालची और कंजूस था उतना ही डरपोक। उसने बिना किसी विरोध के पास में जितने रुपये और जेवर थे लुटेरों के हवाले कर दिया।

जब लुटेरे उसे छोड़कर लूट का माल बांट रहे थे उसने उनसे पूछा कि

क्या वे उसके लिए एक काम कर सकते हैं? "बहुत आसान काम है।" चाचा बोला, "और उसके लिए मैं तुम्हें अच्छी कीमत दूँगा।"

दोनों लुटेरों ने एक-दूसरे की ओर देखा, और उनमें से एक ने सिर हिलाकर स्वीकृति दी।

"अच्छा" दूसरे ने पूछा, "काम क्या है? और उसकी कीमत क्या होगी?"

"मेरे यहाँ दो अनाथ बच्चे हैं।" दुष्ट चाचा बोला, "और मैं उनकी देखभाल नहीं कर सकता। उस मुसीबत से मैं मुक्ति पाना चाहता हूँ। मुझे विश्वास है कि आप मेरी बात से सहमत होंगे, खासकर तब जब उनसे मुक्ति के लिए मैं आपको बीस पाउण्ड (इंग्लैण्ड का रुपया) दूँगा।"

"इस समय दोनों बच्चे कहाँ हैं?" लुटेरों ने पूछा।

"मेरा नौकर उनकी देखभाल कर रहा है।" चाचा बोला।

चाचा ने उन बच्चों पर तब तक एक पैसा भी खर्च नहीं किया था और साल में मिलने वाले तीन सौ रुपये वह स्वयं लेता रहा था।

दोनों लुटेरे उसके साथ घर गये और ओट में छुपकर दोनों बच्चों को बाग में खेलता देखते रहे। काफी देर तक बच्चों को खेलता देखने के बाद दोनों चाचा के पास आये। एक बोला, "आपने बच्चों केअनाथ होने की बड़ी खूबसूरत कहानी सुनाई थी। हमें तो बच्चे अनाथ नहीं लगते, और न ही बातचीत से वे ऐसा लगे। लड़के का चेहरा भी आपसे मिलता जुलता है। अब आप हमें सच्चाई बतायें अथवा हम कुछ भी नहीं करेंगे।"

चाचा इससे भौंचक रह गया और अंत में उसने स्वीकार किया कि वे उसके भाई के बच्चे हैं, लेकिन उसने शपथ खायी कि उसका भाई निर्धन मरा था और वह उनका पालन-पोषण करने में असमर्थ है।

"खूबसूरत कहानी।" लुटेरे बोले, "हमें इस पर विश्वास नहीं हो रहा। संक्षेप में यह कि इस काम के लिए आपको सौ पाउण्ड देने होंगे, और वह भी पहले।"

दुष्ट चाचा ने पहले तो विरोध किया कि उसके पास इतना पैसा नहीं है, लेकिन अंत में उसने पैसे दे दिए।

उसी रात जब सभी गहरी नींद में सो रहे थे, लुटेरे घर में घुसे और

एक-एक कर दोनों बच्चों को उठाया। उनकी चीख रोकने के लिए साथ लाये कपड़े उनके मुंह में ठूंसे और जंगल की ओर ले चले।

वे दिनभर जंगल में एक गुफा में छुपे रहे और दुष्ट चाचा के दिए रुपये बार-बार गिनते रहे। उनमें से एक, जिसने चाचा से सारी बातें तय की थीं, बोला कि चूंकि उसने सब कुछ तय किया था इसलिए उसे हिस्सेदारी में साठ रुपये और उसके साथी को चालीस रुपये मिलेंगे। दूसरा साथी चालीस रुपये लेने के लिए तैयार नहीं था, दोनों में बहस होने लगी, फिर फुंकारते हुए वे लड़ने को तैयार हो गये।

दोनों नन्हें बच्चे डरकर गुफा में एक ओर दुबक गये और लुटेरों को लड़ता देखने लगे। लड़ते हुए वे बच्चों के निकट आ गये। डरकर बहन रोने लगी तो लड़के नें उसे चुप करवाते हुए सोने के लिए कहा और स्वयं भी लेटकर सो गया।

लड़ते हुए एक लुटेरा मारा गया। दूसरे ने अपनी जेब से पैसों का बटुआ निकाल लिया और बच्चों के विषय में भूलकर भाग खड़ा हुआ। जब दोनों बच्चों की नींद खुली उस समय अंधेरा घिरने लगा था। उन्हें तेज भूख लगी थी। भूख मिटाने के लिए वे जंगल में फल ढूँढ़ने निकले।

दोनों एक-दूसरे का हाथ पकड़े तब तक भटकते रहे जब तक अंधेरा गहरा नहीं हो गया। वे एक-दूसरे के हाथों पर सिर रखकर सो गये।

अगली सुबह लाल रंग की छाती वाले एक पक्षी ने दोनों बच्चों को लेटे पाया। उसने सोचा कि वे खुले आसमान के नीचे लेटे हैं और शरद ऋतु की कंपकंपाती सर्दी के कारण वे उठ नहीं पाये। वह उनके ऊपर तब तक चहचहाता हुआ उड़ता रहा जब तक उसके परिवार के दूसरे पक्षी उससे नहीं आ मिले। धीरे-धीरे उन्होंने दोनों बच्चों को पेड़ों से गिरते पत्तों से ढक दिया।

बच्चों के दुष्ट चाचा के नौकर बच्चों को बहुत पसंद करते थे और जब चाचा ने उन्हें खोजने की कोई कोशिश नहीं की, वे उनके विषय में फुसफुसाने लगे। अफवाह तेजी से फैली और पूरा गाँव सचेत हो उठा। खोजी दल तैयार किए गये और जल्दी ही दल ने दोनों बच्चों को ढूँढ लिया। दूसरे खोजी दल को लूटेरे का शव मिल गया जो साथी से लड़ता हुआ मारा

गया था। गाँव के एक आदमी को याद आया कि उसने उस आदमी को बच्चों के चाचा से बातें करते देखा था।

जब दुष्ट आदमी ने बच्चों और उस लुटेरे के शव को देखा तब वह टूट गया। "यह सच है" वह बोला, "मैंने लुटेरे से बात की थी। वे मुझसे पैसा ऐंठना चाहते थे। और पैसे देने से मना करने पर बच्चों के अपहरण की धमकी दी थी।"

जब वह यह बता रहा था, तीसरा खोजी दल आ पहुँचा। वे दूसरे लुटेरे को पकड़ लाये थे, जिसके कपड़ों पर खून के धब्बे थे और अनचाहे वह अपनी पहचान करा गया था।

अब दोनों खलनायकों को आमने-सामने लाया गया और दोनों एक-दूसरे को अपराधी बताने लगे। लुटेरे ने सारी कहानी सच-सच कह दी और प्रमाण के लिए वे रुपये दिखाये जो दुष्ट चाचा ने दिये थे।

चाचा ने विरोध करते हुए कहा कि उसने वह धन उन धूर्तों को बच्चों को अपहरण से बचाने के लिये दिया था। लुटेरा इससे बहुत उत्तेजित हुआ। गाँव वालों ने उसे संभाला और उन दोनों दुष्ट व्यक्तियों को चारों ओर से घेर लिया। लेकिन जब तक कोई रोक पाता फुर्ती से बिजली की गति से लुटेरे ने छुरा निकाला और दुष्ट चाचा के छाती में उसे घोंप दिया। चाचा उसके पैरों पर गिरकर मर गया। गाँव वालों ने लुटेरे को पकड़ लिया और पुलिस के हवाले करने के लिए रस्सी से उसे एक पेड़ से बांध दिया।

सारी घटना इतनी तेजी से घटी कि गाँव वालों का ध्यान बच्चों की ओर नहीं गया। वे धूप में लेटे थे। लुटेरे को बांधकर गाँव वाले बच्चों की ओर मुड़े तो उनकी खुशी का ठिकाना न रहा। वे खुशी से चीख उठे और बच्चे भौंचक कभी गाँव वालों को तो कभी कुछ दूर पड़े अपने दुष्ट चाचा को और कभी पेड़ से बंधे लुटेरे को देख रहे थे। अब वे पूरी तरह होश में थे।

संवाददाता खरगोश

एक जंगल में एक शेर रहता था। जंगल का वह एक प्रकार से राजा था, क्योंकि वहाँ कोई दूसरा शेर नहीं था। एक दिन उसने नील गायों का ताजा और स्वादिष्ट भोजन किया। दोपहर के बाद की बात है। इस घटना के बाद जंगल में भयानक सन्नाटा छा गया। क्योंकि जंगल के सभी जानवरों को वहाँ के 'सांध्य अखबार', 'जंगल समाचार' से यह सूचना मिल गई थी कि शेर ने आज नील गायों के विशाल झुंड पर हमला बोलकर पांच गायों को मार दिया है। यह अखबार एक हाथी निकालता था, जिसका नाम सोभाल था। हाथी ही अखबार का संपादक था, लेकिन उसका संवाददाता था वितूल नाम का एक चतुर तेज तर्रार खरगोश। वितूल समाचारों की टोह में जब जंगल में घूम रहा था, उसे शेर दिखाई दिया। शेर बिना आहट किए चल रहा था। वितूल समझ गया कि दाल में कुछ काला है। वह झाड़ियों की ओट में शेर के साथ-साथ चला। कुछ दूर जाने के बाद वितूल एक टीले पर चढ़ा तो उसे नील-गायों का झुंड दिखाई दिया। झुंड में इतनी गाएँ थी कि गिनना मुश्किल था। यह तो उसे बाद में, शेर के आक्रमण के बाद प्राण बचाकर भाग रही एक गाय से पता चला था कि उस समय वे सब नील गायों की रानी के नन्हें बच्चे के नामकरण का उत्सव मनाने के लिए वहाँ इकट्ठा हुई थीं। उत्सव में दूसरे जंगलों की गायों को भी बुलाया गया था। सभी मिलकर खुशियां मना रही थीं कि शेर ने आक्रमण कर दिया। उस गाय ने रोते हुए वितूल को बताया था कि मारी गई पांच गाएँ दूसरे जंगल की थीं।

वितूल के दिए समाचार को हाथी ने 'जंगल समाचार' में मुख्य समाचार के रूप में छापा। सभी जानवरों को दुख हुआ। दुख इस बात का कि शेर ने अतिथि गायों को मारा था। जिस देश में अतिथियों को पूजा

जाता हो वहाँ के एक जंगल के राजा ने यह घृणित काम करके दूसरे जंगल के जानवरों की दृष्टि में जंगल का मान घटा दिया था। दूसरे दिन सभी जानवरों के मुखिया जंगल समाचार के संपादक सोभाल हाथी से मिले और बोले, "संपादक जी, आप हम सबमें बुद्धिमान हैं...पत्रकार हैं... कोई उपाय बताएँ, जिससे इस शेर के अत्यांचारों से मुक्ति मिले।"

कुछ देर सोचकर हाथी बोला, "इस विषय में वितूल से भी सलाह करनी होगी। वितूल आता दिखाई दिया। वह उस दिन के समाचार लेकर आ रहा था। शेर उस दिन मांद में खर्राटे ले रहा था और दूसरे जंगल की नील गाएँ रात ही अपने जंगल की ओर चली गईं थीं। उनके साथ यहाँ की कुछ गाएँ भी चली गईं थीं। और भी कुछ समाचार पड़े थे उसके थैले में।।

सोभाल के साथ सभी जानवरों के मुखिया को बैठा देख वितूल थैला रखकर एक ओर बैठ गया। सोभाल ने उसे सारी बात बताई तो कुछ देर के लिए वितूल भी चिंता में डूब गया। कुछ देर बाद बोला, "हमें आदमी की मदद लेनी चाहिए।"

"न बाबा न..." एक स्वर में सभी मुखिया बोले, "आदमी तो और भी खतरनाक होते हैं।"

"ऐसा नहीं है...आदमी ही हमारा मित्र हो सकता है। कुछ लोग बुरे हो सकते हैं, लेकिन कुछ भले भी होते हैं। हमें भले आदमी से ही मदद लेनी चाहिए।"

सभी चुप रहे तो वितूल बोला, "यदि आप सब कहें तो मैं आज ही नगर की ओर चला जाता हूँ।"

"यदि तुम्हें आदमी पर विश्वास है तो जाओ—हमें तो इस शेर से मुक्ति चाहिए।" सभी बोले।

वितूल उसी दिन सोभाल की अनुमति लेकर नगर के लिए प्रस्थान कर गया। दो दिन तक वह नहीं लौटा। सभी जानवर उसके लिए चिंतित होने लगे। कहीं आदमी ने वितूल को ही न पकड़ लिया हो।

लेकिन तीसरे दिन सबने देखा कि वितूल दस आदमियों के साथ चला आ रहा है। सभी खुशी से उछल पड़े। वे वितूल खरगोश को प्यार करना चाहते थे। किंतु उसे उस क्षण फुरसत न थी। वह आदमियों को शेर की मांद

की ओर ले गया। उसे यह पहले ही मालूम हो चुका था कि शेर ने उस दिन दो घोड़ों का शिकार किया था और उस समय वह मांद में लेटा था।

वितूल के साथ आए आदमियों ने बिना आहट किए अपने साथ लाए बहुत बड़े जाल को मांद के द्वार से सटाकर पेड़ों के तनों से इस तरह बांध दिया कि जब भी शेर बाहर निकले, जाल में उलझ जाए। वे सब दो दिन तक शेर के बाहर निकलने की प्रतीक्षा करते रहे। वितूल भी उनके साथ रहा। तीसरे दिन शेर अंगड़ाई लेकर जैसे ही बाहर निकलने को हुआ, द्वार पर अड़चन देखकर दहाड़ा। वितूल और उन आदमियों ने समझ लिया कि अब शेर जाल में फंसने ही वाला है। और वही हुआ भी। शेर ने मांद से छलांग लगाई कि वह अड़चन चीर कर निकल जाएगा। लेकिन वह जाल में उलझकर जो एक बार गिरा तो उलझता ही चला गया। और जब वह जाल से बाहर निकला, उसने अपने को एक चिड़ियाघर में पाया। शेर के जाने के बाद जंगल के जानवरों ने खुशियां मनाईं और वितूल को बहुत प्यार किया।

दासी ने प्राण बचाए

बहुत पुरानी बात है। एक गाँव में एक पहलवान रहता था। दूर-दूर के सभी बलिष्ठ पहलवानों को उसने हरा दिया था। इससे उसे बहुत अहंकार हो गया। गाँव में सभी उससे डरते थे। यहाँ तक कि उसकी पत्नी भी उससे डरती थी। वह प्रतिदिन सुबह उठते ही धनुष बाण लेकर खड़ा हो जाता और पत्नी को नथ उठाने का आदेश देता। जैसे ही पत्नी नथ उठाती, वह निशाना साधकर बाण छोड़ता जो नथ से होकर निकल जाता। पत्नी भय से कांप उठती। पहलवान पत्नी से पूछता, "इस संसार में मुझसे भी बड़ा कोई पहलवान है?"

भय से कांपती पत्नी बोलती, "नहीं, आप ही संसार में सबसे बड़े पहलवान है।"

पत्नी के उत्तर से पहलवान प्रसन्न हो जाता। लेकिन उसकी पत्नी दिन-प्रतिदिन दुर्बल होती जा रही थी। एक दिन गाँव की कुछ औरतों के साथ वह बातें कर रही थी। गाँव की औरतें उसके स्वास्थ्य के बारे में पहले ही चिंतित रहती थीं। उस दिन सभी ने उसके दुर्बल होते जाने का कारण पूछा तो उसने वास्तविकता बता दी। सबने उसे समझाया और कहा कि जब उसका पति प्रश्न करे तो वह उत्तर में कहे, "दुनिया में एक से बढ़कर एक पहलवान हैं।"

कुछ दिनों तक तो पहलवान की पत्नी चुप रही। लेकिन पीड़ा असह्य हो गयी तो उसने कह दिया, "दुनिया में निकल कर देखो। एक से बढ़कर एक पहलवान मिलेंगे।" पहलवान क्रोध से फुंकार उठा। लेकिन पत्नी को कुछ न कहकर देश भ्रमण कर पहलवानों को हराने का निर्णय किया। उसने सत्तू और नमक की गठरी बांधकर सिर पर रखी और लाठी लेकर चल पड़ा। दो दिन, दो रातें चलते रहने के बाद उसे तेज भूख और प्यास लगी। उसे

एक तालाब दिखाई दिया। उसने आधे तालाब में सत्तू घोले। सत्तू खाकर तालाब का शेष पानी पीकर वह एक पेड़ के नीचे लेटकर आराम करने लगा। कुछ समय पश्चात् वहाँ एक और पहलवान आया। उसकी दृष्टि उस पहलवान पर पड़ी। उसने उसे जगाया और चीखकर पूछा, "तुमने तालाब का पानी पिया है?"

"हाँ, पिया है।"

"मैं तुझे जिंदा नहीं छोड़ूँगा।" दूसरा पहलवान पुनः चीखा।"

"कौन किसको मारेगा, यह बिना लड़े तय नहीं हो सकता।"

"ठीक है...लड़ लेते हैं। जो जीतेगा वह हारने वाले को मार सकेगा।"

दोनों लड़ने के लिए तैयार हो गये। लेकिन उनके समक्ष समस्या यह आ उपस्थित हुई कि हार-जीत का निर्णय कौन करेगा। तभी उनकी नजर एक बुढ़िया पर पड़ी। बुढ़िया अपने बेटे के लिए दोपहर का भोजन लेकर जा रही थी। उसका बेटा जंगल में ऊँट चरा रहा था। दोनों पहलवान उसके पास पहुँचे और बोले, "अम्मा, आप कुछ देर के लिये रुक जाएँ, और हम लोगों की जीत-हार का निर्णय कर दें।"

"मैं रुक नहीं सकती, क्योंकि मुझे वैसे ही देर हो चुकी है। मेरा बेटा भूखा होगा। वह मेरी प्रतीक्षा कर रहा होगा।"

दोनों जब हाथ जोड़कर बार-बार बुढ़िया से प्रार्थना करने लगे तो उसने कहा, "अगर तुम्हें लड़ना है तो मैं भोजन का सामान बाएँ हाथ में ले लेती हूँ। तुम दोनों मेरी दाहिनी गदौली पर लड़ते चलो। मैं देखती चलूँगी।"

बुढ़िया की बात से दोनों प्रसन्न हो गये। बुढ़िया के बेटे ने जब देखा कि उसकी माँ गदौली पर दो पहलवानों को लड़ाती आ रही है तो वह घबरा गया। वह सोच में पड़ गया। उस समय उसके पास सौ ऊँट थे, जिन्हें वह चरा रहा था। एक बड़ी चादर में उन सौ ऊँटों को उसने बांधा और सिर पर रखकर भाग खड़ा हुआ। उसकी माँ ने उसे चीखकर रोकने की कोशिश भी की, लेकिन वह नहीं रुका। भागता ही गया। जब वह थक गया तो एक पेड़ के नीचे ऊँटों की गठरी रख दी और विश्राम करने लगा। पेड़ पर एक चील बैठी थी। उसकी दृष्टि गठरी पर पड़ी। कुछ क्षण तक चील गठरी की ओर देखती रही, फिर अपने पंजे में गठरी फंसाकर ले उड़ी।

विश्राम कर रहे बुढ़िया के बेटे ने चील को गठरी लेकर उड़ते देखा तो चीखता हुआ कुछ दूर तक दौड़ा, और जब हताश हो गया तो बैठ गया। चील एक राजमहल के ऊपर से उड़ी। उस समय महारानी एक दासी से सिर के बाल संवार रही थी। उस क्षण रानी का चेहरा आसमान की ओर था और वह महल के आंगन में बैठी थी। आँखें खुली हुई थीं। तभी उनकी आँख में कुछ गिरा। आँख में किरकिरी हुई तो रानी ने दासी से आँख देखने के लिए कहा। दासी ने आँख से वह गठरी निकाल ली, जिसे रानी किरकिरी समझ रही थी। दासी को उस पर लालच आ गया। उसने उसे रानी की आँख से निकालकर धोती की खूंट में बांध लिया। जल्दी से रानी के बाल संवारकर दासी अपने घर जा पहुँची। उसे उत्सुकता हो रही थी गठरी के बारे में। आंगन में पहुँचकर उसने गठरी खोल दी। गठरी खुलते ही सौ ऊँटों का झुंड बलबलाता हुआ पूरे आंगन में फैल गया। दासी भय से कांपने लगी। किसी प्रकार घर का दरवाजा खोलकर वह भाग खड़ी हुई। ऊँट भी उसके पीछे भागने लगे। कुछ दूर तक भागने के बाद दासी बेहोश होकर गिर गयी और ऊँट जंगल की ओर चले गये।

उत्तर प्रदेश की लोककथा

मटर की फलियां

वह गजराज सिंह के खेत की मेड़ से गुजर रहा था। खेत मोटी-दानेदार मटर की फलियों से लदा हुआ था। वह मेड़ पर खड़ा हो गया। मन में कुछ फलियां तोड़कर कुर्ते की जेब में डालने की इच्छा हुई। कच्ची मटर खाना उसे अच्छा लगता है और उससे भी अधिक अच्छा लगता है आग में फलियों को भूनकर खाना। तीन साल पहले वह मौसी के गांव गया था जाड़े के दिनों में ही। मौसा बोरा भर मटर की फलियां तोड़ लाए थे और वैसे ही उन्हें आग में डाल दिया गया था। आग ठंडी होने पर पकी फलियां निकाल ली गयी थीं। धनिया, मिर्च और पिसे नमक के साथ उसने भुनी मटर खायी तो खाता ही गया था।

मेड़ पर खड़े-खड़े उसके मुंह में पानी आ गया।

'अगर दस-बीस मटर तोड़ लूं तो उन्हें भूनकर खाने का क्या मजा!' वह सोचने लगा, 'जब तक थैलाभर मटर न हों, भूनना बेकार है। लेकिन इतनी आएंगी कहां से? मौसी के गांव जाना कठिन है। आठवीं की पढ़ाई ....केवल मटर खाने जाना—नहीं—फिर....! अपने खेतों में मटर नहीं। हों भी कैसे! चार बीघे खेतों में बापू क्या-क्या बोएं....साल भर के खाने के लिए गल्ला (अनाज-गेहूं) बोएं या केवल मटर....। उसका मन हुआ कि सामने के खेत में कूद जाए और दोनों हाथों में जितने पौधे समेट सकता है, उखाड़ ले।

'लेकिन गजराज सिंह आ गए तब! बहुत सख्त आदमी हैं। लोग डरते हैं उनसे। हर समय एक हाथ में लाठी और दूसरा हाथ मूंछों पर रहता है उनका। पहलवानों-सा लंबा तगड़ा शरीर है। आवाज इतनी बुलंद कि दिल दहल जाता है।'

वह बेमन पैर घसीटता धीरे-धीरे मेड़ पर रेंगने लगा, लेकिन मन उसका तब भी खेत में ही अटका हुआ था।

चार दिन बीत गए उसका मन पढ़ने में नहीं लगा। वह बरबस पढ़ने

बैठता, लेकिन मन था कि गजराज सिंह के खेत में भटक जाता। मटर की बड़ी-मोटी भुनी फलियों का स्वाद उसकी पढ़ाई में बाधा पैदा करता।

'बापू से पैसे लेकर क्यों न बाजार से खरीद लाऊं....तीन दिन बाद बाजार लगेगी पुरवामीर की....' वह एक रात पढ़ते समय सोचने लगा। पढ़ाई से मन उचट गया। उसने पुस्तक बंद कर दी।

'लेकिन बापू के पास पैसे ही कहां हैं। पढ़ाई का खर्च तो वे जैसे-तैसे ही दे पा रहे हैं। स्कूल की फीस मेरी माफ न होती तो शायद पढ़ ही न पाता। पैसे होते तो मां एक धोती में काम चलातीं और बापू इस जाड़े में नंगे पांव रहते। मांगूंगा तो कहेंगे, "अनूप तुझे पता है बेटा–फिर....। पढ़-लिख ले, बड़ा आदमी बन जा, फिर जो मन आए जी भर खाना और पहनना।" बापू दसियों बार यह बात कह चुके हैं। वह सब जानता है, फिर भी मन तो मन ही है।

रात सोते समय अनूप एक निर्णय पर पहुंचा। वह सुबह जल्दी ही उठ गया। चारों ओर गाढ़ा अंधेरा फैला हुआ था और कोहरा पेड़ों से नीचे उतर रहा था।

"अभी तो घुप्प अंधेरा है अनूप....दिसा-फरागत खातिर दूर मत जाना।" मां ने रजाई से मुंह निकाल कर कहा।

"चिन्ता न करो अम्मा।" अनूप ने दरवाजा ओढ़काते हुए उत्तर दिया और अंधेरे में गुम हो गया। वह लंबे डग भरता हुआ गजराज सिंह के उसी मटर वाले खेत में जा पहुंचा। रास्ते में पेड़ों के नीचे और झाड़ियों के पास से गुजरते हुए उसे बिल्कुल डर नहीं लगा, क्योंकि उस समय उसके दिमाग में एक ही बात थी–'मटर'।

क्षणभर तक वह मेड़ पर खड़ा रहा। ओस से मेड़ गीली थी। अंधेरा अभी भी था, लेकिन पूरब में सूरज की लाली उभरने लगी थी। ठंड से वह कांप रहा था और हलके उजाले की प्रतीक्षा में था। कुछ देर बाद कोहरे की चादर चीरता उजाला खेत में उतरा। मटर के पौधों पर ओस ऐसे छायी हुई थी मानो उन पर चांदी की पर्त चढ़ा दी गयी हो।

उसने समय नष्ट करना उचित नहीं समझा और खेत में कूद गया और ताबड़-तोड़ मटर तोड़कर साथ लाए थैले में भरने लगा। उसका

पायजामा ओस से भीग गया और हाथ-पैर सुन्न हो गए, लेकिन थैला भर जाने तक वह मटर तोड़ता रहा। शाम उन्हें भूनकर खाने की कल्पना करते ही उसका मन पुलकित हो उठा और ठिठुरन गायब हो गयी। मटर तोड़ने में वह इतना निमग्न था कि उसे होश ही नहीं रहा कि वह बीच खेत तक पहुंच गया है। थैला उठा वह मेड़ की ओर लपका।

'लेकिन यह क्या?' मेड़ पर गजराज सिंह को मेड़ से लाठी टिकाए देख वह वहीं जड़ हो गया।

'अब जिंदा बचना मुश्किल है....हे भगवान! मां-बापू-दोस्तो-गांववालों को क्या मुंह दिखाऊंगा। गजराज सिंह की मार तो सही जा सकती है, लेकिन....।' उसके प्राण सूख गए।

"तुम अनूप हो न, शिवराम सिंह के बेटा?" गजराज सिंह ने हाथ का इशारा किया।

वह अपराधी की भांति आगे बढ़ा यह सोचता हुआ कि मेड़ के निकट पहुंचते ही गजराज सिंह का झन्नाटेदार तमाचा उसके गाल पर पड़ेगा और वह मुंह से खून फेंक देगा या लाठी टांग से टकराएगी और वह जिन्दगी भर के लिए लंगड़ा हो जाएगा।

लेकिन ऐसा कुछ नहीं हुआ।

"तुम्हें चोरी नहीं करनी चाहिए थी अनूप।" गजराज सिंह की आवाज में गुस्सा नहीं था,"बेटा, तुम्हें मटर चाहिए थीं तो मांग लेते। चोरी की आदत पड़ गयी तो कहीं के न रहोगे।" आशा के विपरीत उसे गजराज सिंह के स्वर में प्यार दिखा।

उसने सिर ऊपर उठाया। उसकी आंखों में आंसू बह रहे थे, "चाचाजी मुझे माफ कर दें। भविष्य में ऐसी गलती कभी न करूंगा।" उसने मटर का थैला गजराज सिंह की ओर बढ़ा दिया।

"इसे ले जाओ और जब भी दोबारा इच्छा हो मुझसे कहना, लेकिन....।"

लेकिन का अर्थ वह समझ गया था। उसने गजराज सिंह के चरण स्पर्श किए और घर की ओर चल पड़ा। उस दिन के बाद उसके मन में किसी चीज के लिए लालच नहीं पैदा हुआ। उसने मन लगाकर पढ़ाई की और जिला बोर्ड की परीक्षा में प्रथम श्रेणी में उत्तीर्ण हुआ।

क्रान्तिकारी जगदीश बहल

देश की आजादी के लिए जिन क्रान्तिकारियों ने अपना बलिदान दिया, उनमें जगदीश बहल एक ऐसा किशोर था, जिसके विषय में किसी ने कोई खोज-खबर नहीं की। आजादी की दीवानगी उसे खुदीराम बोस और करतारसिंह सराभा की श्रेणी में ला खड़ा करती है।

जगदीश बहल का जन्म अविभाज्य पंजाब के डेरा इस्माइल खां (अब पाकिस्तान में) नामक स्थान में हुआ था। पितामह ठाकुर दत्त धवन लाहौर में जिला एवं सेशन जज थे। पिता उधौदास बहल सरकार की सेवा में उच्च पद पर थे। जगदीश की प्रारंभिक शिक्षा लहौर के 'फोरमैन क्रिश्चियन' कॉलेज में हुई, जहां वह सरदार भगत सिंह के सम्पर्क में आया। भगत सिंह के सम्पर्क में आने के बाद उसके विचारों में परिवर्तन हुआ और वह क्रान्तिकारी गतिविधियों में भाग लेने लगा।

जगदीश के घरवालों ने उसे जब रोकने का प्रयास किया उसने पढ़ाई छोड़ दी और आर्थिक स्वतंत्रता के लिए रेलवे में नौकरी कर ली। लेकिन थोड़े दिनों बाद ही क्रान्तिकारी कार्यों के लिए उसे गिरफ्तार कर जेल भेज दिया गया और नौकरी से भी हाथ धोना पड़ा। वह एक बार फिर आर्थिक रूप से परिवार पर निर्भर हो गया। पितामह ने उसे लाहौर में रखना उचित न समझकर पढ़ने के लिए लखनऊ भेज दिया। उसने लखनऊ विश्वविद्यालय में प्रवेश लिया और वहां के 'मेस्टन होस्टल' में रहने लगा। वहां रहते हुए उसके सम्बन्ध उत्तर प्रदेश के क्रान्तिकारियों के साथ बनने लगे।

वह अपना अधिकांश समय होस्टल के कमरे में ही व्यतीत करता। वह कम बोलता था। या तो पढ़ता रहता या कुछ सोचता रहता। उन्हीं दिनों दो ऐसी घटनाएं घटीं, जिससे देश विचलित हो उठा। 27, फरवरी, 1931 को इलाहाबाद के 'अल्फ्रेड पार्क' में चन्द्रशेखर आजाद अंग्रेज सिपाहियों के साथ

संघर्ष करते हुए शहीद हुए और उसके ठीक चौबीस दिन बाद 23, मार्च 1931 को लाहौर जेल में भगत सिंह, राजगुरू और सुखदेव को फांसी पर लटका दिया गया था।

जिस दिन भगत सिंह और उनके साथियों को फांसी दी गयी, उस दिन 'आजाद' के अंतिम क्षणों के साथी सुखदेव राज जगदीश बहल के पास थे। समाचार सुनकर दोनों का रक्त खौल उठा और जब उन्हें यह ज्ञात हुआ कि भगत सिंह और उनके दोनों साथियों को निश्चित समय से पहले ही फांसी पर लटका दिया गया था तथा रात में ही उनके शवों को जला दिया गया था तब दोनों ने शपथ ली थी कि इसके लिए दोषी अधिकारी को वे दण्ड अवश्य देंगे। उन्हें पता चला कि वह सब पंजाब सरकार के चीफ सेक्रेटरी सर हेनरी क्रेक के निर्देश पर किया गया था। दोनों ने क्रेक को मारने का निश्चय किया और एक दिन दोनों दिल्ली पहुंच गए। यह अप्रैल 1931 की बात है।

दिल्ली में वे 'दिल्ली क्लॉथ मिल' (डी.सी.एम.) के निकट प्रसिद्ध क्रान्तिकारी सुशीला दीदी के घर ठहरे। दोनों कई दिनों तक उनके यहां रहे। इस बीच लाहौर में उन दोनों के ठहरने के लिए पत्र-व्यवहार होता रहा। लाहौर में श्री दुर्गादास कालिया, जो एक जूता कम्पनी में काम करते थे, के घर ठहरने की व्यवस्था निश्चित होने के बाद दोनों दिल्ली से लाहौर के लिए रवाना हुए। 1, मई 1931 को वे लाहौर पहुंचे।

दोनों क्रान्तिकारियों को यह विश्वास था कि पुलिस को उनके वहां पहुंचने की सूचना नहीं है। लेकिन दो मई की शाम को दुर्गादास ने बताया कि शायद पुलिस को संदेह हो गया है। पुलिस दुर्गादास के घर के आसपास मंडरा रही थी। निश्चित हुआ कि जब तक क्रेक की गतिविधियों का पता नहीं चल जाता, वे लोग शालीमार बाग के आस-पास रहेंगे। दुर्गादास उन्हें दोपहर में भोजन पहुंचा दिया करेंगे।

दोनों ने उसी रात दुर्गादास का घर छोड़ दिया। रातभर वे जागते रहे। दुर्गादास ने अगले दिन अर्थात 3, मई को दोपहर का भोजन उन्हें पहुंचाया। भोजन करते ही सुखदेव राज को नींद आ गई और वह बाग के सदर फाटक से लगभग पचास कदम दूर एक पेड़ की छाया में लेटकर सो गए। लेकिन

जगदीश की आंखों में नींद नहीं थी। वह फाटक के बिल्कुल पास लेटे थे। दोपहर लगभग दो बजे उन्हें बूटों की आवाज सुनाई दी। उठकर वह सुखदेव राज को जगाते, इतना समय उनके पास नहीं था। लगभग चार सौ रायफलें उनकी ओर बढ़ रही थीं। उन्होंने तुरन्त एक पेड़ की ओट ली और आत्मरक्षा के लिए पिस्तौल से गोलियां चलाने लगे। पुलिस भी अधांधुंध फायरिंग करने लगी। जगदीश कब तक चार सौ रायफलों का सामना करते। जब उनकी पिस्तौल में अंतिम गोली बची, उन्होंने उसे अपने सीने में दाग ली और देश की स्वाधीनता के लिए शहीद हो गए।

पुलिस ने सुखदेव राज को गिरफ्तार कर लिया। जगदीश के शव को वहां से तुरंत हटा दिया गया था और शीघ्रता में पोस्टमार्टम करके जला दिया गया था। इस बात की सूचना उनके घरवालों को भी नहीं दी गयी थी।

इसप्रकार एक और किशोर आजादी के लिए अपनी आत्माहुति देकर इतिहास के पन्नों में दफ्न हो गया था।

जादूगर

मद्र राज्य में एक जादूगर रहता था। अपने काम में वह बहुत कुशल था। वह नगर-नगर घूमकर अपने जादू का प्रदर्शन करता रहता। प्रदर्शन देखकर लोग आनंद-विभोर हो उठते।

एक बार वह राज्य के एक नगर में प्रदर्शन करने जा रहा था। उस नगर तक पहुंचने के लिए जंगल को पार करके जाना होता था। जंगल तक पहुंचने के लिए उसने बैलगाड़ी किराए पर ली। लेकिन गाड़ीवान जंगल के अंदर से होकर जाने को तैयार नहीं था, क्योंकि जंगल में शेर-चीते आदि खूंखार जानवर बहुतायत में थे। गाड़ीवान को डर था कि ये जानवर उसके बैलों को ही नहीं उसे भी खा जाएगें।

जादूगर निडर आदमी था। ऐसे अवसर उसके जीवन में अनेक बार आए थे जब वह जंगल के बीच से अकेले ही गुजरा था। गाड़ीवान उसे जंगल के निकट छोड़ देने को तैयार था, लेकिन जंगल के बीच से जाने के लिए नहीं। उसने गाड़ीवान की शर्त मान ली। गाड़ीवान ने उसे जंगल के निकट ले जाकर छोड़ दिया। जादूगर अकेले ही चल पड़ा। जंगल बहुत घना और समय दोपहर का था। सूर्य का मद्धिम प्रकाश पेड़ों से छनकर जमीन तक पहुंच रहा था। जादूगर थैला कंधे से लटकाए, जिसमें उसके जादू में प्रयोग आने वाली वस्तुएं थीं; मस्ती में चला जा रहा था। अभी वह आधा जंगल ही पार कर पाया था कि उसे किसी जानवर के दौड़ने और साथ ही धांय-धांय की आवाज सुनाई दी। जादूगर समझ गया कि कोई शिकारी वहां है। उसने इधर-उधर देखा, लेकिन कोई नहीं दिखाई दिया।

वह आगे बढ़ा। अभी वह कुछ कदम ही चला था कि दो घुड़सवार उसके सामने आ खड़े हुए। उनमें से एक युवक और दूसरा अधेड़ था। युवक राजकुमारों जैसी वेशभूषा में था, जबकि अधेड़ सैनिक लिबास में था।

जादूगर ने अनुमान लगाया कि युवक उस राज्य का राजकुमार होगा और अधेड़ राजकुमार का अंगरक्षक। उसका अनुमान ठीक था।

जादूगर के सामने घोड़ा रोक क्रोध से आंखें लाल-पीली करते हुए राजकुमार बोला, "तुमने मेरा खरगोश कहीं छुपा दिया है—अभी-अभी मैंने उसका शिकार किया था।"

"नहीं हुजूर, मुझे आपके शिकार के बारे में कुछ भी नहीं मालूम।" जादूगर विनम्रतापूर्वक बोला।

"तुम झूठ बोल रहे हो।" राजकुमार गुर्राया।

"आप ठीक कह रहे हैं सरकार....इसीने आपका शिकार कहीं छुपा दिया है। सोचा होगा, हम लोगों के जाने के बाद उठा ले जाएगा।" सैनिक बोला।

"आप यकीन करें हुजूर, मुझे आपके शिकार के विषय में कुछ भी मालूम नहीं है।"

"झूठ बोलने की कोशिश मत करो।" राजकुमार सैनिक की ओर मुड़कर बोला, "आगे बढ़ो, और इसे पकड़ लो....अब इस बात का निर्णय महाराज ही करेंगे कि इसने चोरी की है या नहीं।"

अंगरक्षक जादूगर पर नजरें गड़ाए धीरे-धीरे आगे बढ़ने लगा, मानो वह उसका शिकार करना चाहता था।

जादूगर थोड़ा पीछे हटा। उसे थोड़ा अवसर मिला। पास ही एक जंगली फूलों का पौधा था। उसने तपाक से एक फूल तोड़ा और कुछ बुदबुदाता हुआ उसे राजकुमार की ओर उछाल दिया। जादूगर ने इस खूबसूरती से फूल उछाला कि सैनिक और राजकुमार उसे देख नहीं पाए। फूल राजकुमार के कंधे पर जा गिरा। गिरते ही फूल खरगोश में बदल गया और खरगोश राजकुमार के कंधे से उछलकर जमीन पर कूद पड़ा। जादूगर ने अपने जादू का करिश्मा कर दिखाया था। खरगोश के कूदते ही राजकुमार के हाथ से घोड़े की लगाम छूट गयी और वह नीचे आ गिरा।

जादूगर चीखा, "हुजूर, खरगोश—आपका शिकार।"

खरगोश क्षणभर तक वहां रुका और उन्हें आश्चर्य में डालता हुआ गायब हो गया। जादूगर मन ही मन मुस्कराया। राजकुमार और अंगरक्षक

हत्प्रभ एक दूसरे का मुंह देखने लगे। दोनों कुछ सोच ही रहे थे कि जादूगर ने सिर से एक बाल तोड़ा और कुछ बुदबुदाता हुआ उसे राजकुमार की ओर उछाल दिया। बाल उड़कर राजकुमार के कपड़ों पर जा गिरा और गिरते ही सांप में परिवर्तित हो गया।

जादूगर चीखा, "हुजूर, आपके कपड़ों पर सांप....बचें हुजूर, सांप.... ।"

राजकुमार ने देखा और भय से कांपने लगा। जब उसे कुछ समझ में नहीं आया, वह घोड़ा छोड़कर तेजी से भाग खड़ा हुआ। सांप तो कब का उसके शरीर से गायब हो चुका था, लेकिन राजकुमार भागता ही गया। उसे भागता देख उसका अंगरक्षक भी घोड़े पर सवार होकर भाग खड़ा हुआ।

जादूगर खड़ा हंसता रहा।

जब दोनों बहुत देर तक वापस नहीं लौटे, जादूगर राजकुमार के घोडे पर बैठा, और गंतव्य नगर की ओर चल पड़ा। उस नगर में अपना प्रदर्शन कर वह अपने घर वापस लौट गया। राजकुमार का घोड़ा उसने अपने पास ही रहने दिया, क्योंकि उसे नहीं मालूम था कि वह किस राज्य का राजकुमार था।

इधर राजकुमार ने महल में लौटकर राजा के पूछने पर बताया कि शिकार खेलकर वह विश्राम कर रहा था कि झपकी लग गयी और कोई उसका घोड़ा चोरी कर ले गया। राजा ने प्रधानमंत्री को घोड़े की खोज करने का आदेश दिया। सैनिक घोड़े को खोजने निकल पड़े।

एक दिन सुबह-सुबह जब जादूगर घोड़े को रातिब दे रहा था, चार सैनिकों ने उसे पकड़ लिया। जादूगर ने पूछा, "मेरा अपराध क्या है?"

"तुमने मद्र देश के राजकुमार का घोड़ा चुराया है।"

जादूगर ने सफाई दी, लेकिन वे नहीं माने। उसे पकड़कर राजा के समक्ष उपस्थित किया गया। राजकुमार और उसका अंगरक्षक भी वहां उपस्थित थे।

"तुमने राजकुमार का घोड़ा क्यों चुराया?" राजा ने गरजते हुए पूछा।

"हुजूर, मैंने चोरी नहीं की।"

"तो फिर—यह घोड़ा तुम्हारे पास कैसे पहुंचा?" राजा की आंखें लाल सुर्ख हो रही थीं।

जादूगर ने एक बार राजकुमार और उसके अंगरक्षक की ओर देखा, फिर राजा की ओर देखते हुए विनम्रतापूर्वक उस दिन की सारी घटना बयान कर दी। सुनकर राजा अचंभित रह गया। राजकुमार की नजरें शर्म से नीचे झुक गयीं और अंगरक्षक बगलें झांकने लगा।

"राजकुमार, क्या यह सच है?" राजा ने कड़क स्वर में पूछा। क्रोध से वह कांप रहा था।

राजकुमार सिर झुकाए खड़ा हो गया।

"हुंह....।" राजा बोला, "वीर कुल में जन्म लेकर तुमने मुझे लज्जित किया।" राजा का स्वर तेज था, "तुम्हें और तुम्हारे अंगरक्षक को झूठ बोलने के लिए एक वर्ष के लिए देश- निकाले की सजा दी जाती है।"

राजा जादूगर की ओर मुड़ा और बोला, "जादूगर, तुम आज से जादू से दरबारियों का मनोरंजन करने के लिए राजदरबार में नियुक्त किए जाते हो।"

"जो आज्ञा महाराज।" जादूगर प्रसन्नभाव से बोला, "लेकिन मेरा एक अनुरोध यदि आप स्वीकार लें तो मुझे और प्रसन्नता होगी।"

"कहो।"

"आप राजकुमार और उनके अंगरक्षक की सजा माफ कर दें और उन्हें संभलने का अवसर दें हुजूर।"

राजा ने क्षणभर सोचा, फिर बोला, "ठीक है। तुम्हारे कहने पर इन्हें एक अवसर देता हूं।"

जादूगर ने देखा कि राजकुमार और उसके अंगरक्षक के चेहरे पर उसके प्रति कृतज्ञता का भाव था।

गोलू

मध्य प्रदेश के एक आदवासी गांव में गोलू नामका एक लड़का रहता था। उसके मां-बाप मजदूरी करते और वह जंगल से लकड़ियां इकट्ठा करता, जो सुबह-शाम खाना पकाने के काम आतीं। गांव के पास कुछ दूरी पर ही जंगल था जिसमें सभी प्रकार के जानवर थे लेकिन गोलू को डर नहीं लगता था। जंगल में आगे बढ़ते समय वह चारों ओर का जायजा लेता चलता था। वह फुर्तीला और चतुर था और पेड़ पर सूखी लकड़ी देखकर वह उस पर बन्दर की भांति तेजी से चढ़ जाता।

एक बार गोलू लकड़ियों का गट्ठर बांध रहा था कि पास की झाड़ियों के पीछे किसीके चलने की आवाज आयी। उसे लगा जरूर कोई खतरनाक जानवर है। गट्ठर छोड़ वह चट पास के पेड़ पर चढ़ गया और पत्तों के बीच अपने को छुपा लिया। उसका डण्डा नीचे ही छूट गया था। कुछ देर बाद उसने नीचे की ओर देखा। कंधे से बन्दूक लटकाए दो आदमी गट्ठर के पास खड़े थे और ऊपर पेड़ की ओर देख रहे थे। वह डरकर पेड़ से चिपक गया। लेकिन उनमें से एक ने उसे देख लिया।

"ऐ नीचे उतरो।" एक बोला।

गोलू डरकर सर्र से नीचे आ गया और चुपचाप खड़ा हो गया।

"इन लकड़ियों को तुमने इकट्ठा किया है?"

"जी।" अब तक उसका डर कुछ कम हो गया था।

"इसकी सजा जानते हो!"

गोलू चुप रहा।

"यह सरकारी जंगल है....यहां से कुछ भी लेना चोरी है। आइन्दा लकड़ियां ले जाते पकड़े गए तो जेल भेज दिए जाओगे।"

गोलू चुप एक झाड़ी की ओर देखता रहा। तभी उसकी नजर एक

काले हिरण पर पड़ी जो झाड़ी के पास खड़ा था। गोलू को काले-चितकबरे हिरण बहुत अच्छे लगते थे। वह उन दोनों आदमियों की उपस्थिति भूल गया और हिरण को एकटक देखता रहा। तभी उसने एक आदमी की आवाज सुनी, "काम बन गया लगता है—हिरणों का झुण्ड कहीं पास ही है।" और गोलू ने उस आदमी को हिरण पर निशाना साधते देखा।

गोलू का दिल तेजी से धड़कने लगा। वह मन ही मन वन देवता से प्रार्थना करने लगा कि उस आदमी का निशाना चूक जाए। पता नहीं गोलू की प्रार्थना का प्रभाव था या जो भी, गोली चलने के साथ ही हिरण गायब हो गया था। गोली चलाने वाला खीज रहा था। गोलू के दिमाग में तेजी से एक बात कौंधी, "इस वन में जानवरों का शिकार मना है, फिर ये कौन हैं. ...क्या इन्हें शिकार की मनाही नहीं है!" गोलू का दिमाग परेशान हुआ।

दोनों बंदूकधारी चले गए तो गोलू ने गट्ठर उठाया और चल पड़ा। जंगल से बाहर निकलते ही एक ऊबड़-खाबड़ सड़क थी। उसने देखा कि सड़क से कुछ हटकर पेड़ों की ओट में एक जीप खड़ी है। उसने एक ऊंचे टीले की ओट में गट्ठर छुपा दिया और एक पेड़ पर चढ़कर बैठ गया। बहुत देर बाद दोनों आदमी उसे आते दिखे। एक तीसरा व्यक्ति भी उनके साथ था, जिसके हाथ में लाठी थी। निकट आने पर उसने देखा उन लोगों ने एक हिरण लटका रखा है।

हिरण को जीप में डाल उनमें से एक ने उस तीसरे आदमी की ओर कुछ रुपए बढ़ाए तो उसने रुपए लेकर हाथ जोड़ दिए। दोनों ने धीमे स्वर में उससे कुछ कहा, जिसे गोलू सुन नहीं सका।

"ठीक है साब, परसों अपुन यहीं मिलेगा। सुबो दस बजे के आसपास न साब....!"

"हां।"

दोनों बन्दूकधारी चले गए और तीसरा लाठी कंधे पर रखकर जंगल की ओर चला गया। गोलू पेड़ से नीचे उतरा। वह तीसरे आदमी के विषय में सोचने लगा।

'यह तीसरा जंगल का चौकीदार होगा!' गोलू रास्तेभर सोचता रहा। उसने चौकीदार की बात सुन ली थी।

'तो वे शिकारी फिर परसों सुबह आएगें।'

गोलू ने किसी से कुछ नहीं कहा। जिस दिन दोनों बंदूकधारियों को आना था, वह सुबह जल्दी ही उसी पेड़ पर चढ़कर बैठ गया, जिस पर उस दिन बैठा था। थोड़ी देर बाद चौकीदार कंधे पर लाठी रखे एक पत्थर पर आ बैठा। उसकी नज़र सड़क की ओर थी। काफी दिन चढ़ने के बाद जीप वहां आकर रुकी। दोनों बंदूकधारी उतरे और चौकीदार के साथ जंगल के अंदर चले गए। गोलू पेड़ पर ही बैठा रहा।

दोपहर ढल गयी और भूख-प्यास से गोलू को चक्कर आने लगा, लेकिन वह पेड़ से चिपका रहा। दिन ढलने के बाद तीनों गोलू को आते दिखे। उन्होंने दो हिरण लटका रखे थे। हिरणों को जीप में डालकर उन्होंने उन पर कंबल डाल दिए। चौकीदार को रुपए दिए और बोले, "तीसरे दिन—शुक्रवार है। आज के समय ही मिलना।"

"जी सरकार।" हाथ जोड़ चौकीदार बोला।

जीप जाने के बाद चौकीदार जंगल के अंदर चला गया।

गोलू बेचैन हो उठा। उसने सोचा, 'क्यों न यह बात गांव वालों को बतायी जाए।' तभी उसे याद आया, 'सभी काम में व्यस्त रहते हैं। उसके मां-बापू की तरह ही गरीब हैं....डरकर कुछ नहीं करेंगे। उसे भी रोकेंगे।'

'फिर क्यों न मैं ही थानेदार से जाकर कहूं।' विचार आते ही भूख-प्यास की चिन्ता न कर वह थाने की ओर दौड़ पड़ा। थाना वहां से आठ किलोमीटर दूर था। गोलू जब थाने पहुंचा, थककर चूर हो गया था। उसकी आवाज साफ नहीं निकल रही थी। प्यास से गला सूख रहा था। थानेदार समझ गया कि वह कुछ महत्वपूर्ण बात बताना चाहता है। उसने गोलू को पानी पिलाया, फिर भोजन करवाया। गोलू जब स्वस्थ हो गया तब उसने उसके आने का कारण पूछा। गोलू ने शिकारियों और चौकीदार के विषय में बताया। सुनकर थानेदार गंभीर हो गया, फिर बोला, "गोलू तुम बहुत होशियार और बहादुर हो। तुम यह बात किसी को नहीं बताना और शुक्रवार को सुबह तुम घर पर तैयार मिलना....एक सिपाही तुम्हें लेने आएगा।"

थानेदार ने गोलू की पीठ ठोंकी और एक सिपाही को मोटर सायकिल

से उसके गांव छोड़ आने के लिए कहा। रात देर से घर पहुंचने पर मां-बापू ने पहले तो डांटा, फिर कारण पूछा। गोलू ने बताया कि उस दिन वह पड़ोसी गांव में अपने दोस्त से मिलने चला गया था।

शुक्रवार के दिन सुबह एक सिपाही गोलू को लेने पहुंचा। थानेदार पांच अन्य सिपाहियों के साथ गांव से बाहर एक बाग में उसकी प्रतीक्षा कर रहा था। गोलू उन सबको उस स्थान पर ले गया जहां जीप रुकती थी। थानेदार के कहने पर गोलू पेड़ पर चढ़ गया और थानेदार सिपाहियों सहित झाड़ियों की ओट में छुप गया।

निश्चित समय पर चौकीदार उसी पत्थर पर आ बैठा। थोड़ी देर बाद जीप आयी और उससे दोनों बंदूकधारी उतरे। वे चौकीदार के साथ जंगल के अंदर चले गए। उनके जाने के बाद थानेदार जीप के पास गया और पिस्तौल से गोली दागकर उसके पहिए पंक्चर कर दिए। फिर अपनी जगह जाकर छुप गया।

दिन ढलने के बाद गोलू ने चौकीदार के साथ दोनों बंदूकधारियों को दो हिरण लटकाए आते देखा। उसने थानेदार को संकेत कर दिया। थानेदार ने सिपाहियों को सतर्क किया।

बन्दूकधारियों ने हिरणों को जीप में लादा और चौकीदार को रुपए देकर उससे कुछ कहने लगे कि झाड़ियों से निकलकर थानेदार ने सिपाहियों के साथ उन्हें घेर लिया। तीनों भौंचक थे। तभी गोलू पेड़ से कूदा और उनके सामने जाकर बोला, "कहिए साब, अब किसे जेल जाना चाहिए!"

थानेदार ने तीनों को गिरफ्तार कर हथकड़ी पहना दी। थाने में शिकारियों ने कबूल किया कि वे जानवरों की खालें तस्करी करने वाले गिरोह के सदस्य हैं और तीसरा 'वन विभाग का चौकीदार है'। बाद में गिरोह के दूसरे सदस्य भी पकड़े गए। यह सब गोलू के कारण संभव हुआ था, इसलिए थानेदार की सिफारिश पर उसे राष्ट्रीय पुरस्कार प्रदान किया गया। यही नहीं सरकार ने गोलू के पढ़ने की व्यवस्था भी की। एक दिन वही गोलू पढ़-लिखकर वन अधिकारी बना।

डिक ह्विटिंगन और उसकी बिल्ली

अंग्रेजी—पी.एच.म्योर

अनुवाद—रूपसिंह चन्देल

क्रेसी के युद्ध के बाद जब एडवर्ड तृतीय इंग्लैंड का राजा बना, उन दिनों एक अनाथ गरीब लड़का एक गांव में रहता था। उसका नाम डिक ह्विटिंगन था। उसके पास अपना घर नहीं था। उसने सुना था कि लंदन की सड़कें सोने से पटी रहती हैं, इसलिए उसने गांव छोड़कर लंदन जाने का निर्णय किया। वह देखना चाहता था कि उस जैसा गरीब लड़का छोटे गांव की खराब जिन्दगी से अच्छी जिन्दगी जी सकता है या नहीं। उसके पास जो भी थोड़ा-सा सामान था उसे एक पोटली में बांध पोटली को डण्डे के सहारे कंधे से लटका वह लंदन के लिए चल पड़ा।

जब वह गांव के बाहर सड़क पर पहुंचा, उसे एक चौपहिया गाड़ी दिखाई दी जिसे आठ घोड़े खींच रहे थे। उसने गाड़ीवान से गाड़ी में बैठाने के लिए अनुरोध किया। गाड़ीवान उस सुन्दर लड़के का साथ पाकर प्रसन्न हुआ और डिक यह जानकर प्रसन्न हुआ कि गाड़ी लंदन जा रही थी। उसने गाड़ीवान को अपनी योजना के विषय में उत्साह से बताया। गाड़ीवान चुप रहने वाला व्यक्ति था, इसलिए वह कुछ नहीं बोला। लेकिन जब उसने लंदन की सड़कों का सोने से पटा हुआ होना सुना तब वह हंसे बिना नहीं रह सका, लेकिन वह लड़के का उत्साह भंग नहीं करना चाहता था इसलिए चुप रहा।

जैसे ही वे लंदन पहुंचे, लड़के का धैर्य चुक गया और वह गाड़ीवान को धन्यवाद दिए बिना ही तेजी से गाड़ी से उतर गया। लड़के को जाता देख गाड़ीवान को अफसोस नहीं हुआ, हालांकि वह एक दयालु हृदय व्यक्ति था और उस लड़के के लिए कुछ करने के विषय में मन में सोच रहा था, क्योंकि

लंदन जैसे शहर में उस लड़के का कोई नहीं था।

बेचारा डिक। उसे लंदन की सड़कों पर सोने के बजाय कीचड़ और धूल दिखी। वह दुखी हुआ। उसने कहीं काम पाने की बहुत कोशिश की, लेकिन असफल रहा और उसे पेट भरने के लिए भीख मांगने के लिए विवश होना पड़ा। गांव की अपेक्षा उसने अपने को लंदन में अधिक ही दयनीय स्थिति में पाया।

कई रातें फुटपाथ पर या जो भी जगह उसे मिली वह वहां सोया। एक हलके ठण्ड वाले दिन फुटपाथ पर बिताकर शाम को डिक एक सुन्दर मकान के दरवाजे पर पहुंचा और रात में खाने के लिए रोटी का एक टुकड़ा मांगा। दरवाजा घर के मालिक फित्जवॉरेन ने खोला जो धनी व्यापारी और लंदन शहर का मेयर था। जब उसने डिक को रात खाने के लिए रोटी का एक टुकड़ा मांगते सुना वह क्रुद्ध हो उठा।

"यह शर्मनाक है।" वह बोला, "तुम जैसा मजबूत लड़का भीख मांग रहा है। तुम्हें जीने के लिए काम करना चाहिए।"

श्रीमान जी।" डिक ने उत्तर दिया, "मैंने सब जगह काम तलाशा, लेकिन कोई भी मुझे रखने को तैयार नहीं हुआ। श्रीमान जी, मैं कुछ भी करने को तैयार हूं—वास्तव में कुछ भी।"

"मैं शीघ्र ही कुछ देखता हूं।" फित्जवॉरेन बोला, "घूमकर पिछले दरवाजे पर पहुंचो। मैं आदेश दूंगा कि तुम्हें किसी प्रकार का काम मिल जाए।"

डिक मकान के पिछले दरवाजे पर पहुंचा। कुछ ही देर बाद कठोर चेहरे वाली रसोइया ने दरवाजा खोला। जैसे ही उसने उसे देखा वह बड़बड़ाने लगी।

"बहुत सुन्दर" वह बोली, "अब मैं अपनी रसोई में सड़क का कूड़ा-कबाड़ भरूंगी। ऐ भिखारी बच्चे, अन्दर आओ और रात का खाना पाने से पहले कुछ काम करो।"

वह उसे बर्तन मांजने के स्थान पर ले गई, और दिन भर की जूठी प्लेटें और थालियों के अंबार के सामने मांजने के लिए उसे बैठा दिया। डिक उस काम को देर रात से समाप्त कर सका। उसके बाद उसे थोड़ा बचा हुआ

खाना दिया गया, जिसे उसने वहीं बैठकर खाया। उसे एक भूसा भरे बोरे पर सोने के लिए कहा गया। वह ढंग की नींद ले पाता कि इससे पहले ही रसोइया ने चीखते हुए झकझोरकर उसे उठा दिया और काम करने के लिए कहा।

प्रतिदिन उसकी यही दिनचर्या बन गयी। डिक सूर्योदय से पहले उठ जाता। रात देर तक काम करते हुए थककर चूर हो भूसा के बोरे पर सो जाता। वह बहुत परिश्रम करता था, लेकिन रसोइया उसे डांटती, दुर्व्यवहार करती और खाने के लिए बहुत कम देती थी। उसकी एक ही मित्र थी, एक बिल्ली, उसीकी भांति भूखी और घिसटकर चलने वाली, जिसे उसने भोजन के डस्टबिन के पास पाया था। डिक बिल्ली को उठा लाया और उसे खिलाया, हालांकि रसोइया बड़बड़ाती रही थी। वास्तव में घर में बड़ी मात्रा में चूहे-चुहिया थे। जब डिक के खिलाने से बिल्ली मजबूत हो गयी उसे घर में रहने दिया गया।

डिक रसोइया के दुर्व्यवहार से अत्यधिक दुखा था। उसने सोचा कि लंदन आकर उसने गलती की थी। उसने गांव की अपनी पिछली जिन्दगी को याद किया जहां यद्यपि जीवन कठिन था, तथापि वहां खेतों में सारा दिन रहना अधिक अच्छा था बजाए बर्तन मांजनेवाली जगह के। हालांकि वहां भी उसे घास-फूस पर ही सोना होता था, लेकिन वह जगह लंदन से कहीं अधिक बेहतर थी।

उसने अपनी योजना बिल्ली को बतायी। जब सभी सो रहे थे, उसने अपना सामान एक बार फिर पोटली में बांधा, उसे डण्डे में टांग कंधे से लटकाया और बिल्ली को साथ लेकर अपने गांव लौटने के लिए तैयार हुआ। उस दिन उसने पहले की तरह जमकर काम किया था, इसलिए कुछ दूर जाने के बाद ही वह थक गया। जैसे ही वह लंदन के बाहर पहुंचा उसे घास के चट्टे पर आरामदेह कोना मिला। उसने बिल्ली को साथ लेटाया और गर्माहट पाकर सो गया।

अगली सुबह उसे रसोइए के कठोर हाथों के बजाए सूर्य की किरणों के स्पर्श ने जगाया। उसने बचाकर लायी रोटी और चीज का नाश्ता किया और बिल्ली ने मैदान में अपने नाश्ते के लिए कुछ चूहों का शिकार किया।

पास तेज बहते झरने में उन्होंने पानी पिया और दोनों यात्री ताजादम हो आगे बढ़े।

दोपहर के समय वे हाई गेट हिल पर चढ़े। उस समय सुर्य तेज चमक रहा था और बहुत गर्मी थी। डिक सड़क के किनारे एक पत्थर पर आराम करने के लिए बैठ गया और बिल्ली अपने पंजों पर बैठ गयी। पहाड़ी पर से वह हाई गेट और लंदन के बीच खड़े हरे-भरे चारागाह को देखने लगा। उसने शहर के दुर्ग और मीनारों पर सुर्य को चमकते देखा, बो चर्च को भी देखा, जिसके पास मिस्टर फित्जवॉरेन का घर था। जब उसने उस शहर पर नजर डाली जिसने उसके साथ क्रूर व्यवहार किया था, उसने सदैव के लिए उस शहर की ओर से पीठ कर लेने के विषय में सोचा तभी उसे बो चर्च के स्टील के घण्टे की घनघनाहट हवा में तैरकर आती सुनाई दी और उसके दिमाग में यह शब्दध्वनि गूंजरित हुई–

"एक बार फिर लौटो ह्विटिंगटन,
तुम हो योग्य अभिजन,
तीन बार बन मेयर
रहोगे तुम लंदन।"

डिक ने बिल्ली की ओर देखा और देखा कि उसके कान भी उस ध्वनि को सुन बहुत उत्तेजित हो रहे हैं।

"क्या तुमने भी इसे सुना?" डिक ने बिल्ली से पूछा।

"म्याऊं।" बिल्ली बोली, जिसका अर्थ डिक ने 'हां' में लगाया।

"अच्छा, हमें क्या करना चाहिए!" डिक ने फिर बिल्ली से पूछा।

लेकिन बिल्ली पहले ही पीछे मुड़कर देखती हुई कि डिक उसके पीछे आ रहा है या नहीं पहाड़ी से नीचे उतरने लगी थी।

(वस्तुतः हाई गेट पहाड़ी पर अभी भी एक पत्थर है जिसे ह्विटिंगटन पत्थर कहा जाता है। उस पत्थर ने उस दृश्य को देखा था।)

फित्जवॉरेन के घर में डिक की अनुपस्थिति से उत्तेजक वातावरण था।

मेयर की पत्नी कुछ वर्ष पहले मर गयी थी और उसके घर की मालकिन उसकी प्यारी बेटी एलिस थी। मेयर फित्जवॉरेन उस रात नगर के

कुछ धनी व्यापारियों को प्रीतिभोज दे रहे थे और एलिस ने रसोइए को भोजन की अच्छी व्यवस्था देखने और यह पक्का करने के लिए कहा कि सब कुछ दुरस्त है।

"सब कुछ ठीक है मिस एलिस।" रसोइया ने कहा जो अपनी मालकिन के प्रति बहुत ही विनम्र और आदरास्पद थी, जबकि बेचारे डिक के प्रति वह उतनी ही क्रूर थी, "लेकिन वह किशोर फटीचर जिसे आपके पिता ने कुछ दिन पहले रसोई में काम करने के लिए रखा था वह भाग गया है। ऐसी कृतघ्नता मैंने कभी नहीं देखी। उस बर्तन मांजने वाले लड़के की सहायता के बिना मैं सब कुछ कैसे कर पाऊंगी।" रसोइया ने कहा।

"अच्छा।" मिस एलिस ने कहा, "तुम जितना संभव हो करो, और अगर वह बर्तन मांजने वाला लड़का आ जाए तो उसे तुरंत मेरे पास भेज देना, मैं उसे थोड़ी नसीहत दूंगी।"

जब डिक वापस आया, वह चाहता था कि छुपकर निकल जाए, लेकिन रसोइया तो उसीकी प्रतीक्षा में थी। उसने उसके कान उमेठे और उसे तुरंत मालकिन के पास भेज दिया। मिस एलिस बहुत नाराज हुईं लेकिन डिक चुप सुनता रहा।

"अच्छा नौजवान," मिस एलिस ने कहा, "तुम्हें अपने बारे में क्या कहना है! तुम्हारी यह कामचोरी–जबकि मेरे पिता ने कृपापूर्वक तुम्हें नाली से बाहर निकालकर जीवन यापन का सुनहरा अवसर दिया था।"

डिक ने अपने पिता की मृत्यु से लेकर लंदन के लिए प्रस्थान करने और रसोइया के सख्त व्यवहार की कहानी मिस एलिस से कह दी, जिसके कारण उसे अंततः वहां से जाने के लिए विवश होना पड़ा था।

मिस एलिस उसकी कहानी सुन दुखी हुई और रसोइया की क्रूरता से आहत। "तुम दरिद्र बच्चे" वह बोली, "फिर यहां लौटकर तुम आए ही क्यों?"

डिक क्षणभर के लिए हिचकिचाया, लेकिन उस सुन्दर लड़की की आंखों में दयार्द्रता थी। वह मुस्करा रही थी। अतः उसने बो चर्च के घण्टे के ध्वनि की बात बता दी। एलिस उस दरिद्र, भोंडे, विरूप लड़के के इस सोच पर हंसी कि वह महान नगर लंदन का भावी मेयर बनने की कल्पना

कर रहा है।

"डिक।" वह बोली, "जब तुम रसोइया के सहायक के रूप में अधिक काम नहीं कर सकते तब तुम अपना भविष्य इतना उज्वल करने की आशा कैसे कर रहे हो!"

"मुझे नहीं मालूम मिस।" डिक बोला, "मैं केवल एक अवसर चाहता हूं और आप देखेंगी कि मैं क्या कर सकता हूं।"

"हां, डिक।" एलिस बोली, "मेरे पिता आज रात कुछ धनी व्यापारियों को प्रीतिभोज दे रहे हैं और वे व्यापारिक जहाजों का बड़ा बेड़ा अफ्रीका भेजने की तैयारी कर रहे हैं। मेरे पिता उसमें भागीदारी के लिए सभी को एक अवसर देना चाहते हैं और उसमें बहुत लाभ भी होगा। तुम्हारा क्या विचार है? क्या तुम भाग्य आजमाने के लिए कुछ जोखिम उठाना चाहोगे? तुम्हारे लिए यह एक बड़ा अवसर है।"

"हां मिस।" डिक गंभीरतापूर्वक बोला, "लेकिन मेरे पास भाग्य आजमाने और जोखिम उठाने के लिए कुछ है नहीं। कोई भी वस्तु नहीं है।"

"मैंने तुम्हारी बात समझ ली है डिक।" एलिस बोली, "क्या मैं तुम्हें कुछ रुपए दे सकती हूं और तुम मुझे वह लौटा सकते हो जब जहाज वापस लौट आएगा।"

"आपकी बहुत-बहुत मेहरबानी मिस।" डिक बोला, "मैं आपको अपनी बिल्ली सौंपना चाहता हूं। यह बहुत चालाक बिल्ली है जो चूहों को क़ुशलता से पकड़ती है। रसोइया भी इस बात को जानती है।"

एलिस मुस्कराई। उसने उसकी मदद के लिए एक योजना सोच ली। "बहुत अच्छा डिक।" वह बोली।

जब उसके पिता घर आए उसने उस विषय में उन्हें बताया। बिल्ली बेंचकर डिक के भाग्य आजमाने की बात पर वह खिलखिलाकर हंसे, लेकिन एलिस ने उनसे कहा कि वह चाहेगी कि उस अभियान के लाभ का आधा भाग डिक को मिले, और यह डिक को बता देना होगा कि वह उसकी बिल्ली के बेंचने से ही आएगा।

जहाज के कप्तान को बिल्ली को बेंचकर अच्छे लाभ की कोई आशा न थी, लेकिन वह उसे प्रसन्नतापूर्वक जहाज में ले जाने के लिए तैयार हो

गया, क्योंकि जहाज में बहुत चूहे थे और उसे बिल्ली की आवश्यकता थी।

डिक ने यह समाचार बिल्ली को बताया और कहा कि हालांकि वह उससे अलग होने से दुखी है, लेकिन उम्मीद करना चाहिए कि अच्छा ही होगा। बिल्ली ने आंखें झपकायीं, अपनी मूंछें हिलायीं और बुद्धिमानी के साथ देखा। दूसरों की भांति वह भी आश्वस्त नहीं थी कि उस अभियान में बिल्ली भेजना अच्छा निवेश है। फिर भी वह दुनिया देखना चाहती थी और वह अपने मालिक के लाभ के लिए अपनी आंखें खुला रखना चाहती थी।

डिक जहाज को रवाना होता देखने के लिए बन्दरगाह पर था और उसके दिल का एक हिस्सा उनके साथ था,केवल इसलिए नहीं कि वह बिल्ली को बहुत चाहता था, बल्कि उसे आशा थी कि जहाज उसका सौभाग्य लेकर लौटेगा।

उन दिनों पोतयात्री अपना जीवन गदोली पर रखकर पोतयात्रा करते थे। दिशाओं और भूगोल की जानकारी बहुत कम होती थी और तब न तो वायरलेस थे और न ही मौसम का पूर्वानुमान होता था। एक भयानक तूफान के दौरान डिक का जहाज भटक गया और जहाज के पाल और दूसरे साज-सामान को इतना नुकसान हुआ कि कप्तान ने जो भी पहला बन्दरगाह दिखा उसे मरम्मत के लिए रोक दिया।

यह अफ्रीका के दूरवर्ती समुद्र तट पर बसा एक राज्य था, जिसके निवासी काले थे और उन्होंने कभी गोरे लोगों को नहीं देखा था, लेकिन वे बहुत सहृदय और मददगार थे। कप्तान और नाविक दल तट पर उतरे, और जब इन विदेशियों के पहुंचने का समाचार राजा के कानों तक पहुंचा, उसने आदेश दिया कि उन्हें उसके सामने लाया जाए। कप्तान और उसका साथी जहाज के माल से कुछ अच्छे उपहार लेकर राजमहल में गए। इसके परिणाम-स्वरूप वे सारा माल ऊंचे दामों में बेंचने में सफल रहे। उसमें बहुत-सी चीजें ऐसी थीं जिन्हें उस धनी राजा ने कभी देखा नहीं था और उन्हें पाकर वह अत्यंत प्रसन्न हुआ।

कुछ सप्ताह में जहाज की मरम्मत का काम पूरा हो गया और स्थानीय लोगों से बहुत सस्ता खरीदा माल जहाज में भरकर कप्तान इंग्लैण्ड लौटने के लिए तैयार हुआ। लेकिन राजा ने कहा कि उसके लौटने से पहले

वह उसे और उसके नाविकों को प्रीतिभोज देना चाहता है। इसकी व्यवस्था की गई और जब अतिथि आए, मेजें सुन्दर खाद्य पदार्थों से भरी हुई थीं। लेकिन जैसे ही वे खाने के लिए बैठने लगे चूहे और चुहियों का दल आया, मेजों पर चढ़ा, कुछ खाना खाया और अधिकांश कुतरकर और उछलकर खराब कर दिया।

राजा और उसके दरबारी चुपचाप देखते रहे, लेकिन कप्तान और उसके आदमी आश्चर्यचकित थे। राजा उनके प्रति बहुत सहृदय था। कप्तान ने कुछ दरबारियों से बहुत होशियारी से जानकारी प्राप्त की और वह यह जानकर विस्मित हुआ कि उहोंने कभी बिल्ली नहीं देखी थी, बल्कि वे यह समझने के लिए भी तैयार नहीं थे कि उस तरह का कोई जानवर भी होता है। इसलिए वह राजा के पास गया और बोला कि जहाज में उसके पास एक ऐसा जानवर है जो चूहों से निबट सकती है। हालांकि राजा को कठिनाई से उस पर विश्वास हुआ। फिर भी उस जानवर को देखने के लिए वह अधीर हो उठा। कप्तान ने अपने एक साथी को जहाज से डिक की बिल्ली लाने के लिए भेजा।

राजा और रानी अत्यधिक आनन्दित और विस्मित हुए जब उन्होंने बिल्ली को चूहा-चुहियों को झपटकर मारते और कुछ का पीछा करते देखा।

"अब" राजा बोला, "अपना सबसे बड़ा खजाना तो आपने आखीर के लिए रख छोड़ा था और मुझे संदेह है कि मेरे राज्य का सम्पूर्ण धन भी इस चमत्कारी जीव को खरीदने के लिए पर्याप्त होगा।"

"आप ठीक कह रहे हैं श्रीमान!" चतुर कप्तान बोला, "मेरे देश में भी इस प्रकार के जानवर दुर्लभ और बहुमूल्य हैं। लेकिन यात्रा के दौरान बिल्ली के कुछ बच्चे हुए थे और यदि पर्याप्त ऊंची कीमत मिले तो उनमें से एक मैं आपको बेंच सकता हूं।"

अंत में कप्तान ने राजा को बिल्ली के सभी बच्चे बेंच दिए और उसके लिए इच्छित धन पाया। वह यह सोचकर प्रसन्न हुआ कि मिस्टर फित्जवॉरेन के रसोई में काम करने वाला गरीब लड़का कितना धनी हो जाएगा।

उसके तुरंत बाद उन्होंने जलयात्रा प्रारंभ कर दी और अनुकूल हवा

पाकर वे शीघ्र ही सुरक्षित इंग्लैण्ड पहुंच गए। दूसरे जहाज बहुत पहले ही वापस लौट आए थे और उन्हें घाटा हुआ था। मिस्टर फित्जवॉरेन को तुरंत सूचना भेजी गयी और वह अपने क्लर्क के साथ कप्तान के स्वागत और माल और हिसाब-किताब देखने के लिए आ पहुंचे।

उनके सामान की सभी गांठों पर 'फ' अक्षर अंकित था, लेकिन एक गांठ में उन्होंने 'व' लिखा पाया।

"पोत के प्रधान चालक कप्तान, एक बात जानना है," वह बोले, "यह गांठ किसकी है?"

कप्तान ने उसे बिल्ली की आश्चर्यजनक कहानी कह सुनाई और फित्जवॉरेन उस गरीब लड़के के सौभाग्य से अत्यधिक आनन्दित हुए, जिसकी उन्होंने सहायता की थी। जब वह घर पहुंचे, उन्होंने डिक को बुलाया। चेहरे को लंबा खींच वह उससे बोले, "अपने को दुखद सूचना के लिए तैयार करो डिक, मेरे बच्चे। गुम हुआ जहाज वापस आ चुका है। तुम्हारी बिल्ली उसमें वापस लौट आयी है।"

लेकिन डिक पर कोई प्रतिक्रिया नहीं हुई। वह शांत रहा। कुछ देर बाद वह बोला, "मुझे प्रसन्नता हुई। मुझे अपनी बिल्ली खोकर बहुत दुख होता और हालांकि वह एक चतुर बिल्ली है, मैं अनुमान नहीं लगाता कि यदि कप्तान उसे बेंचता तो मुझे अधिक धन मिल पाता। वह कहां है?"

एलिस, जो पास ही खड़ी थी, डिक की अपेक्षा अधिक दुखी हुई। उसकी इच्छा थी कि उसके पिता पहले उससे बात करते तब वह उनको व्यवस्था की याद दिला सकती थी। अब वह दूसरे ढंग से डिक की सहायता करने की बात सोच रही थी, लेकिन उस जैसे गर्वीले लड़के के लिए यह आसान न था।

मि. फित्जवॉरेन ने उन दोनों को कुछ क्षण तक देखा तब उन्होंने वह सब बता दिया जो वास्तव में घटित हुआ था कि डिक को अपनी बिल्ली भी वापस मिल गयी और मोलभाव में बड़ी मात्रा में खजाना भी मिला।

उन दोनों को अपने कानों पर विश्वास नहीं हुआ। अगली सुबह तक प्रतीक्षा की घड़ियां बहुत कठिन प्रतीत हुईं जब उन्हें समुद्र तट पर ले जाया गया और उन्होंने माल-गोदाम में सारा दिन उस खजाने के निरीक्षण में

बिताया, जिसे जहाज का कप्तान बिल्ली के बच्चों के बदले लेकर आया था।

"अच्छा डिक" मिस्टर फित्जवॉरेन जब बच्चों को बग्घी में लेकर घर लौट रहे थे, बोले "अपने इस विशाल खजाना से तुम क्या करने की सोच रहे हो?"

"श्रीमान, मैंने इसके विषय में सोचा है," डिक बोला, "मैं चाहता हूं कि आप वह खजाना बेंच दें और मेरे लिए रुपए जुटा दें।"

"तब तो तुम मुझसे अधिक धनवान हो जाओगे।" मिस्टर फित्जवॉरेन बोले।

"ओह डिक" एलिस बोली, "तब तुम कितने महान बन जाओगे।"

"मेरे लिए सब बराबर है श्रीमान," डिक बोला, "मैं नहीं जानता कि रुपयों का भी मैं क्या करूंगा।"

"अच्छा, मैं इस पर सोचूंगा।" मिस्टर फित्जवॉरेन ने कहा, "और मैंने जो सोचा है, वह कल शाम घर लौटने पर तुम्हें बताऊंगा।"

अगली शाम उन्होंने डिक से कहा कि वे उस पैसे को अपने व्यवसाय में लगाएगें और उसका सही हिसाब-किताब रखेंगे। इस दौरान डिक ने सदैव के लिए रसोई छोड़ दी। वह सुन्दर कपड़े पहनने लगा और उसके पास अपनी एक गाड़ी हो गयी। वह अभी भी मिस्टर फित्जवॉरेन के यहां ही रहता रहा। जब वह इक्कीस वर्ष का हुआ फित्जवॉरेन ने उससे कहा कि वह उसे अचंभित करना चाहते थे....उन्होंने उसे अपने व्यवसाय में भागीदार बना लिया था।

डिक ने उन्हें गर्मजोशी से धन्यवाद दिया, लेकिन उतनी गर्मजोशी से नहीं जितनी की फित्जवॉरेन अपेक्षा कर रहे थे।

"आओ डिक," वह बोले, "यह क्या है? क्या और भी कुछ ऐसा है जो तुम चाहते हो?"

"हां श्रीमान" डिक निर्भीकतापूर्वक बोला, "मैं एलिस से विवाह करना चाहता हूं।"

"एलिस का इस विषय में क्या विचार है!" पिता ने पूछा।

"वास्तव में मैंने उससे पूछा नहीं है।" डिक बोला।

"मैं नहीं सोचता और न उन्हें ऐसा संदेह है कि जब तुम उससे पूछोगे

तब वह कोई और उत्तर देगी।"

और एक दिन डिक ने मिस्टर फित्जवॉरेन की सुन्दर बेटी से विवाह कर लिया। बो चर्च की घण्टी का संदेश पूरा हो चुका था। डिक वास्तव में लंदन शहर का तीन बार मेयर बना और बाद में सर रिचर्ड ह्विटिंगन नाम से प्रसिद्ध हुआ। वह गरीब और उन बच्चों के प्रति सदैव सहृदय रहा जो अपना भाग्य आजमाने लंदन आते थे और यदि वे वास्तव में गंभीर और कठोर परिश्रमी होते तो वह उनकी सहायता अवश्य करता था।

वह वहां के राजा हेनरी चतुर्थ का मित्र बना और लंबी आयु तक जीवित रहा। मृत्यु के समय उसने अपनी सारी सम्पत्ति धर्मार्थ कार्यों के लिए दान दे दी थी।

●●●

www.ingramcontent.com/pod-product-compliance
Lightning Source LLC
LaVergne TN
LVHW040804051026
849519LV00007BA/2608
* 9 7 8 9 3 9 5 1 4 5 4 4 2 *